Kein Schnee
im Hexenhaus

Herstellung und Verlag: BoD – Books on Demand, Norderstedt

ISBN: 978-3735720443
auch als E-Book erhältlich

Erstausgabe Mai 2017
aktualisierte Zweitausgabe Mai 2019

Coverdesign: Cover: Dream Design - Cover and Art,
www.cover-and-art.de
Bild https://www.shutterstock.com
Scherenschnitt: Jana Ruth

Lektorat und Korrektorat: Manfred Polz

Impressum:
Urnagold 32, 72297 Seewald
susanne.schwarzwald@gmx.de

Kein Schnee im Hexenhaus

von
Susanne Eisele

frei nach einem Märchen der
Brüder Grimm

Für alle, die Märchen mögen
und bereit sind, sich auf eine
alternative Version einzulassen.

Kapitel 1

Es war einmal, also eigentlich erst vor Kurzem, ein einfaches Reihenhaus in der Vorstadt. Wie alle Häuser in dieser Gegend war auch dieses mit einem einfachen Ziegeldach versehen, ansonsten jedoch schmucklos. Ebenso bestand der kleine Vorgarten, wie die meisten Vorgärten dieser Welt, aus einer hingebungsvoll gepflegten Rasenfläche und einem kleinen, immergrünen Bäumchen von schlankem Wuchs und akkuratem Schnitt. Es wirkte so harmlos spießig wie all die anderen Häuser auch. Dennoch fuhr genau vor diesem Haus ein Polizeiauto vor - und wahrlich nicht zum ersten Mal. Ein Mann und eine Frau, beide in Uniform, stiegen mit geschäftsmäßiger, relativ neutraler Miene aus.

Durch die Fenster der gegenüberliegenden Häuser konnten die Nachbarn - teils mehr, teils weniger hinter ihren Vorhängen versteckt - deutlich die Pistolen und Funkgeräte sowie weitere Gerätschaften an den Gürteln der Polizisten erkennen.

Die Uniformierten gingen zügig, aber ohne Hast, auf die Haustür zu, während sie routinemäßig ihre Lederhandschuhe anzogen. Schließlich waren sie hergekommen, um zwei Personen festzunehmen.

Das Geräusch des Fahrzeugs, das vor dem Haus abgestellt wurde und des darauf folgenden Türenschlagens ließ Hansjörg, genannt Hansi, aufhorchen. Vorsichtig spähte er durch das Fenster seines Zimmers im ersten Stock und sah die Polizisten auf sein Elternhaus zugehen. Daraufhin griff der Siebzehnjährige eilig seinen Rucksack und hastete zu seiner um ein Jahr jüngeren Schwester Margarete, deren Zimmer auf der gegenüberliegenden Seite des Hauses lag. Er riss die Tür auf und rief: „Gretel, schnell, die Bullen kommen! Schnapp' dir deine Sachen und lass uns verschwinden! Ich hab echt kein' Bock, mit denen zu quatschen."

„Was denn - schon wieder? Oh Mann, das macht ja langsam echt keinen Spaß mehr. Haben die denn nichts Besseres zu tun?" Sie verdrehte die Augen. „Alles so versteckt, dass die nichts finden und genügend für den Weg eingepackt?"

Hansi nickte: „Na logisch!"

Routiniert schnallte sich Gretel ohne weitere Fragen ihren Rucksack auf den Rücken und öffnete rasch das Fenster. Eilig waren die beiden Jugendlichen hinausgeklettert und standen bereits auf dem Dach des kleinen Anbaus, noch bevor die Polizisten an der Haustür klingelten.

Am unteren Ende setzte sich Gretel hin, drehte

sich auf den Bauch und ließ sich flugs über den Rand hinabgleiten, bis ihre Füße auf dem Deckel des erstaunlich stabilen Wasserfasses angelangt waren, das neben dem Fallrohr der Dachrinne stand. Von dort aus sprang sie auf den Boden. Kurz darauf folgte ihr Bruder auf dem gleichen Weg. Die beiden hatten sich nachts schon so oft auf diesem Weg nach draußen geschlichen, dass sie bereits im Garten standen, als ihre Eltern gerade erst in Begriff waren, den Polizeibeamten die Vordertür zu öffnen.

„Und wohin jetzt?" Gretel sah ihren Bruder fragend an.

Er sah nochmals zum Haus zurück. Dieser Weg war nun versperrt. Die üblichen Plätze, an denen sie sonst abhingen, würden die Bullen wohl als Nächstes anfahren. Während seiner Überlegungen ging sein Blick zu den Bäumen, die in einiger Entfernung standen. „Was hältst du von einem Waldspaziergang? Dort suchen die uns bestimmt nicht."

Die beiden nickten sich kurz zu, dann sprinteten sie zum Hinterausgang des Gartens hinaus und gleich um die Nachbargarage herum, damit sie so schnell wie möglich außer Sichtweite ihres Elternhauses waren.

Reichlich außer Atem verlangsamten sie drei Querstraßen weiter ihre Schritte, um den Schein harmloser Spaziergänger zu erwecken.

Bereits eine viertel Stunde später erreichten sie den Wanderparkplatz am Waldrand und spazierten den breiten Weg entlang. Hansi sah sich hin und wieder misstrauisch um. „Was meinst du", wandte er sich schließlich an seine Schwester, „hier auf dem breiten Weg entdecken die Bullen uns wahrscheinlich ziemlich schnell. Lass' uns lieber in einen der schmalen Trampelpfade abbiegen. Wir müssen es denen ja nicht gerade leicht machen, falls sie uns verfolgen."

Gretel sah ihn kurz an und nickte. „Hab ich auch grad gedacht."

Ein paar Meter weiter bogen die Geschwister auf einen verwilderten, kaum erkennbaren Waldweg ein.

Doch es dauert nicht sehr lange, bis Gretel zu nörgeln begann: „Mann, ist das ein Durcheinander hier. Überall Bäume und Büsche. Sogar mitten auf dem Pfad. Falls man diese matschige Rille überhaupt so bezeichnen kann. Wir hätten auf dem breiten Weg bleiben sollen." Hansi schüttelte ärgerlich den Kopf. „Meine Fresse, das ist ja nicht auszuhalten. Jetzt stell dich halt nicht an wie ein Mädchen. Du kannst ja zurückgehen und dich von den Bullen löchern lassen, wenn dir das besser gefällt. Ich bleib jedenfalls lieber noch 'ne ganze Weile im Wald, bis sich die Aufregung gelegt hat. Aber wenn dir dieser Weg hier nicht zusagt, können wir ja von mir aus die

Abzweigung da vorne nehmen."

Seine Schwester seufzte. „Hast ja recht. Besser hier im Wald 'rumeiern, als ein sogenanntes Gespräch auf dem Polizeirevier. Wie wär's, wenn wir was einwerfen? Danach läuft es sich bestimmt viel entspannter."

Hansi grinste breit. „Na also, das hört sich doch schon viel mehr nach meinem Schwesterchen an. In meinem Rucksack hab ich noch einen kleinen Beutel mit Pillen. Die können wir erst mal aufbrauchen, dann haben wir den anderen Dope noch für später übrig. Wäre das da vorne nicht ein geeignetes Plätzchen?"

Er deutete auf einen großen Baumstumpf, nur wenige Meter von ihrem Standort entfernt. Die beiden machten es sich auf diesem improvisierten Sitz gemütlich. Gretel nahm eine kleine Flasche aus ihrem Rucksack und spülte eine der Pillen mit einem Schluck Wasser hinunter. Ihr Bruder tat es ihr gleich.

Schon nach kurzer Zeit breitete sich ein wohliges Gefühl der Zufriedenheit in ihnen aus. Abwechselnd den Wald und den Himmel betrachtend, saßen die beiden einfach nur so auf dem Baumstumpf herum und genossen mit entrücktem Blick das Dasein. Doch nach einer Stunde fing Gretel an, unruhig hin- und herzurutschen.

„Ich mag nicht mehr sitzen, mir tut langsam der

Arsch weh. Lass uns ein Stück weitergehen."

Hansi rollte genervt die Augen nach oben. „Meck, meck. Kaum sind wir fünf Minuten hier, fängst du schon wieder an, rumzunölen. Aber okay, kleine Prinzessin. Gehen wir weiter. Die LSD-Trips werden auch irgendwie immer kürzer. Weiß nicht, ob wir da nicht zweite Wahl erwischt haben. Wie wär's stattdessen mit 'ner Line Koks?"

Ohne eine Antwort abzuwarten, machte er seinen Rucksack auf, zog ein Päckchen mit weißem Pulver heraus, öffnete den Beutel und hielt ihn wortlos seiner Schwester hin.

Über ihr zuvor unzufriedenes Gesicht huschte ein Lächeln. „Hach, du weißt echt, wie man eine Frau verwöhnt. Du wirst bestimmt mal der perfekte Ehemann. Deine Zukünftige beneide ich jetzt schon."

Mit geübten Handbewegungen verteilten sich die beiden etwas von diesem Pulver auf dem Handrücken und zogen es genüsslich durch die Nase ein. Mit weißen Nasenspitzen und gackerndem Lachen standen beide auf.

Hansi drehte sich einmal um die eigene Achse. Dann blieb er stehen und zeigte wahllos mit dem Zeigefinger in eine Richtung. „Da entlang, Prinzessin."

Theatralisch hielt er ihr seine Hand hin. Gretel kicherte gekünstelt, dann ergriff sie ebenso theatralisch mit einem angedeuteten Knicks die dargebotene Hand. „Thihihi. Habt Dank, werter

Herr."

Sie sahen sich an und lachten gut und gerne fünf Minuten, ehe sie tatsächlich Hand in Hand in die Richtung gingen, die Hansi zuvor angezeigt hatte.

Einige Zeit und mehrere Richtungswechsel später blieb Gretel plötzlich stehen. „Hey, Mann, hast du eigentlich den Weg markiert?" Hansi sah sie irritiert an: „Nee du, ich verschwende doch nicht unseren Dope für so was. Den ziehe ich mir lieber selbst rein, statt hier was zu verstreuen, sonst kommt noch so'n bescheuertes Viehzeug vorbei und schnupft uns den ganzen Schnee weg!"

Seine Schwester starrte ihn eindringlich an, atmete einmal betont ruhig durch. „Und wie finden wir jetzt wieder nach Hause, Herr Schlaumeier? Hast du dir den Weg gemerkt, oder glaubst du, es entsteht hier so ein bunter Regenbogen, auf dem wir zurückkommen? Asen-Transit, oder so?"

Hansi grinste: „Was? Asien-Transe? Wie bist'n du drauf? Nee, lass mal, würde uns jetzt eh nix helfen. Cool down, Kleine, ich frag einfach mal den Baum da nach dem Weg. Und wenn der es nicht weiß, dann halt den nächsten. Alles easy."

Beschwingt wankte er auf eine Buche zu und lehnte sich lässig mit dem Unterarm an den Stamm. „Hey Alter. Sag mal, wo müssen wir hin, um hier wieder 'rauszukommen?"

Er verzog beim angestrengten Horchen das

Gesicht zu einer Grimasse. „Aha, ah ja, danke. Da längs, sagt die alte Knorre", berichtete er seiner Schwester und zeigte nach links. Diese sah ihn skeptisch an. „Seit wann kannst du denn mit Bäumen reden?"

Er winkte ab. „Kann doch jeder. Die Antwort zu verstehen ist die Kunst. Aber was soll ich sagen, ein bisschen Koks wirkt da wahre Wunder."

Die Zwei wandten sich also nach links. An der nächsten Weggabelung lief Hansi wieder zu einem Baum, diesmal eine Fichte, und deutete nach kurzer 'Zwiesprache' nach halb links.

Zwei Stunden später irrten die beiden noch immer durch den Wald. Zwischenzeitlich war es dunkel und kalt geworden.

„Ich friere", murrte Gretel zum wiederholten Mal und schniefte vernehmlich. „Ich glaub' nicht, dass die bescheuerten Bäume uns den richtigen Weg zeigen. Wie sollten die auch. Die stehen doch immer auf dem gleichen Fleck, die können das doch gar nicht wissen." Hansi sah seine Schwester nachdenklich an. „Darauf gibt es nur eine korrekte Antwort: Ein bisserl Schnee gefällig?"

Die Angesprochene seufzte. „Ich glaub zwar nicht, dass wir damit schneller raus finden, aber vielleicht ist mir dann nicht mehr so kalt. Ich hab auch noch ein angebrochenes Päckchen im Rucksack."

Im Stehen zogen sich die beiden erneut etwas

Koks rein. Dass sie dabei vor lauter Zittern einen Teil des Pulvers verschütteten, bemerkten sie nicht einmal.

„Ich hab's!", rief Hansi, als sie gerade wieder losgehen wollten.

„Was hast du?", fragte seine Schwester argwöhnisch.

„Na, die Lösung für unser Problem. Das Zeug regt echt die Gehirnzellen zum besseren Denken an", antwortete er mit einem dümmlichen Grinsen. „Musst du auch mal probieren." Völlig irritiert sah sie ihren Bruder einen Moment an, dann schüttelte sie den Kopf. Sie wurde ein wenig ungeduldig. „Na dann spuck endlich mal deine grandiose Idee aus und lass dir gefälligst nicht jedes Wort einzeln aus der Nase ziehen."

„Ist doch ganz einfach", begann ihr Bruder gönnerhaft, lehnte sich auf ihre Schulter und fuchtelte mit der anderen Hand erklärend vor ihrem Gesicht herum. „Der Wald ist ja nicht unendlich groß. Wenn wir also immer geradeaus gehen, müssen wir irgendwann an sein Ende kommen. Dort sind sicher auch Häuser, von wo aus wir dann den Bus nehmen können."

Gretel bekam große Augen. „Möönsch, das ist einfach genial. Du bist echt der Beste. In welche Richtung also?"

Sie entschieden sich dafür, einfach den bisherigen Weg weiterzugehen. Noch immer fröstelnd, aber frohen Mutes, machten sich die Zwei auf, um endlich aus diesem Wald herauszukommen.

Sie waren noch nicht sehr weit gekommen, als in einiger Entfernung von einem Weg zu ihrer Linken mehrere Personen mit Taschenlampen auf sie zukamen.

„Ey, guck ma', da sind welche. Die können wir doch fragen. Vielleicht wissen die ja, wie wir schneller nach Hause kommen als immer nur gerade aus." Gretel sah ihren Bruder erwartungsvoll an, der zustimmend nickte. Sie warteten an der Abzweigung auf die herannahenden Personen. Dass es sich hierbei um vier Polizisten handelte, merkten sie in der Dunkelheit und vor lauter Aufregung erst, als es für eine Flucht zu spät war. Den beiden Teenagern wurden die Rucksäcke abgenommen und Handschellen angelegt. Während Hansi fluchte wie ein Kutscher, nahm Gretel die Situation nur völlig verwirrt und wie von außerhalb ihrer selbst wahr. Nachdem sich alle in Bewegung gesetzt hatten, fiel ihr endlich ein, was sie an der Situation so verwirrte.

„Hä? Ihr seid ja Bullen! Aber wie habt ihr uns denn gefunden? Wir wissen ja selbst nicht einmal, wo wir sind. Und Bluthunde sehe ich keine", fragte sie irritiert.

Der Beamte, der sie am Arm den Waldweg entlang führte, sah sie erst verdutzt an, bevor er zu Lachen begann. „Was - ihr habt euch also echt verlaufen?"

Empört sah das Mädchen den noch immer lachenden Ordnungshüter an. „Was ist daran so lustig, Mann? Das kann doch jedem 'mal passieren. Hier sieht doch ein Baum aus wie der andere. Wie soll man sich denn da zurechtfinden?"

Die anderen Polizisten konnten nun ein amüsiertes Glucksen ebenfalls nicht unterdrücken. Schließlich erbarmte sich einer der Uniformierten. „Kinder, eure Mobiltelefone waren die ganze Zeit eingeschaltet. Ihr hättet einfach ein Navigationsprogramm aufrufen und ganz leicht aus dem Wald herausfinden können. Unser Vorteil, dass ihr die Handys nicht ausgeschaltet habt, so konnten wir diese orten und euch ziemlich leicht finden."

Entsetzt sahen sich die Geschwister an. GPS! Das durfte ja wohl nicht wahr sein! Daran hatten sie überhaupt nicht gedacht. Oh verdammt, es hätte so einfach sein können! Verdammt, verdammt, verdammt! Jetzt fluchte auch Gretel, dass selbst ein Pirat rot geworden wäre. Die Polizisten schüttelten erstaunt den Kopf, dass eine so junge Frau so viele derart schlimme Worte kannte, sagten jedoch nichts, während sie die Festgenommenen weiter zu einem nahegelegenen Waldparkplatz führten, wo zwei Streifenwagen abgestellt waren.

Kapitel 2

Auf dem Polizeirevier angekommen, wurden den beiden Handys und Wertgegenstände abgenommen. Ein Ordnungshüter begleitete sie zur Ausnüchterungszelle. „Hier rein. Da bleibt ihr erst mal bis morgen früh. Danach dürfen andere entscheiden, was weiter mit euch geschieht."

Er schob die beiden mit sanftem Druck vollends in die Zelle und schloss die Tür hinter ihnen. Kaum war er außer Sichtweite, drehte sich Gretel mit sorgenvollem Gesicht zu ihrem Bruder herum. „Was denkst du, wird jetzt geschehen? Die können uns doch nicht einfach in den Knast stecken, oder?"

Hansi bemühte sich, eine selbstsichere Miene aufzusetzen, was aber nur bedingt funktionierte. Er hoffte, dass seine Anstrengung ausreichend war, um seine Schwester zu beruhigen. Darum versuchte er, seine Worte möglichst beschwichtigend und unbeeindruckt vorzubringen, was ihm zwar nicht vollständig gelang, aber besser, als er selbst gehofft hatte. „Was soll schon passieren? Wir hatten ja nur Stoff für den Eigenbedarf dabei. Solange sie unser Versteck zu Hause nicht finden und rauskriegen, dass wir mit dem Zeug dealen, passiert da nichts weiter. Sollten sie uns den einen oder anderen

Diebstahl nachweisen können, müssen wir schlimmstenfalls mal wieder ein paar Sozialstunden leisten. Das kriegen wir schon hin. Du kennst ja unser Motto: immer schön einen auf brav und wohlerzogen machen, eine halbwegs gewählte Ausdrucksweise und schon sind wir für alle die Streber, die kein Wässerchen trüben können und denen man daher alles verzeiht. Du wirst sehen, morgen früh holen uns Mama und Papa ab. Dann hält uns Papa wie immer eine Standpauke, Mama bricht wieder mal in Tränen aus und das war's. Und nun leg dich hin und schlaf. Ausgeruht lässt sich das Theater leichter ertragen."

Hansi zuckte nochmals betont lässig die Schultern, ging dann zu einer der Pritschen in der Zelle und legte sich hin. Gretel stand noch einige Minuten unschlüssig herum, nahm sich dann jedoch ein Beispiel an ihrem Bruder und legte sich auf die andere der beiden Schlafgelegenheiten.

Obwohl beide eigentlich recht aufgedreht waren, forderten der lange Spaziergang und der Drogenkonsum ihren Tribut und sie schliefen schneller ein, als sie erwartet hatten.

In den frühen Morgenstunden des nächsten Tages wurde es kurz laut, als ein sturzbetrunkener und grölender Zellennachbar eingeliefert wurde. Von dem waren aber sehr bald außer narkotischem

Schnarchen keine weiteren Geräusche zu vernehmen. Und selbst dieses hörte nach einiger Zeit auf.

Die restliche Nacht verlief ohne weitere Ereignisse. Gegen acht Uhr morgens brachte ein Polizist jedem der beiden ein Butterbrötchen mit einem Glas Milch. Hansi protestierte zwar gegen das lächerliche Kindergesöff und verlangte einen Kaffee, was jedoch großzügig ignoriert wurde, so dass er murrend schließlich doch die Milch trank. Der Zellennachbar hatte zu diesem Zeitpunkt seinen Rausch ausgeschlafen und wurde aus dem Trakt herausgebracht. Nur an der Tür zur Zelle von Hansi und Gretel blieb niemand stehen, um diese zu öffnen.

Nachdem eine weitere Stunde wie in Zeitlupe verstrichen war, wurden die beiden dann doch nervös. Gretel blieb auf der Pritsche sitzen. Starr auf den Boden blickend knetete sie ständig voller Unruhe ihre Hände, wenn sie sich nicht mit einer fahrigen Bewegung Strähnen ihres schulterlangen, dunkelblonden Haares aus dem Gesicht strich, die jedoch keine fünf Sekunden später wieder an der vorigen Stelle waren. Hansi war aufgestanden und tigerte rastlos in der Zelle umher. Hin und wieder blieb er stehen, um sich nachdenklich mit der Hand über seinen modischen Kurzhaarschnitt zu streichen. Mittlerweile war es kurz vor elf Uhr morgens und es hatte sich noch immer niemand blicken lassen. Insbesondere waren ihre Eltern noch nicht erschienen, um sie nach Hause zu holen.

Gretel giftete Hansi an: „Das machen die bloß, um dich zu strafen, weil du dieses Schuljahr schon zwei blaue Briefe nach Hause gebracht hast. Mich hätten sie schon längst abgeholt."

Hansi schwieg. Wenn seine Schwester in dieser Stimmung war, in der sie ihn für alles Schlechte verantwortlich machte, war es besser, nichts zu sagen. Sie hörte dann ohnehin nur das, was sie hören wollte, um es erneut gegen ihn zu verwenden, selbst wenn sie ihm dafür das Wort im Mund rumdrehen musste, was ihr in solch einer Situation allerdings auch nicht schwerfiel. Doch er wusste, dass dies nie lange anhielt und sie danach umso anlehnungsbedürftiger war. Dann war er wieder der große Bruder, der sie vor Allem beschützen musste.

Er zuckte deshalb nur leicht die Schultern und wanderte weiterhin auf und ab. Währenddessen überlegte er hin und her, was wohl passiert sein könnte, dass die Eltern noch nicht aufgetaucht waren. Ob ihnen etwas zugestoßen war? Er verwarf den Gedanken schnell wieder. Auch wenn er sich schon sehr erwachsen fühlte, wollte er an diese Möglichkeit nicht denken. Wahrscheinlich hatten sie einfach einen wichtigen Termin und waren deshalb noch nicht erschienen.

Er war so in Gedanken, dass er gar nicht sofort

merkte, dass das Gezeter seiner Schwester geendet hatte. Erst ein Schluchzen schreckte ihn auf und er sah, dass Gretel in Tränen ausgebrochen war.

Hansi blieb stehen, schaute sie mitleidig an und seufzte. Er setzte sich neben sie und nahm sie in den Arm. Was hätte er jetzt nicht alles dafür gegeben, seinen Rucksack mit den Drogen zu haben. Gretel war einfach besser drauf, wenn sie auf Dope war - egal welchen, und sie hatten schon einiges ausprobiert. Doch diese Option stand nicht zur Verfügung, darum redete er beruhigend auf sie ein. Irgendwelches belangloses Zeugs, von dem er aus Erfahrung wusste, dass es half, auch wenn er sich nicht erklären konnte, weshalb. Wenigstens lenkte ihn dies auch von seinen eigenen trüben Gedanken ab. Nach einiger Zeit beruhigte sie sich tatsächlich, auch wenn sie noch immer wie ein Häufchen Elend dasaß.

Fünf vor zwölf wurden sie schließlich von einem Uniformierten in ein Vernehmungszimmer geführt. Der dort bereits anwesende Polizist stellte sich mit Kriminalhauptkommissar Berger vor. Außerdem waren Herr Waldmann, der Vater der beiden Teenager, und Herr Krude, ihr Sozialarbeiter vom Jugendamt zugegen. Alle sahen sehr ernst drein. Hansi und Gretel setzten sich und warteten einfach ab. Sie waren erleichtert, wenigstens aus der Zelle heraus zu sein. Allerdings empfanden Sie die

Situation heute bedrohlicher als die letzten Male. Sonst war immer ihre Mutter dabei gewesen und hatte sie mit tränenüberfluteten Augen in die Arme genommen. Doch heute war sie nicht anwesend und damit fehlte auch das Gefühl, dass sich jetzt alles wieder zum Guten wenden würde.

Unruhig lief ihr Vater hin und her, blieb dann am Tisch stehen. Er war viel zu aufgebracht, um sitzen zu können. Wenig später ergriff er das Wort. „Hansjörg, Margarete", begann er irgendwie umständlich und steif. Die ganze Situation war ihm offensichtlich sehr unangenehm. Er vermied es, seinen Kindern ins Gesicht zu sehen und hielt sich krampfhaft an einer Stuhllehne fest, als könne nur die ihn aufrecht halten. Trotz der angespannten Umklammerung zitterten seine Hände. „Herr Berger, Herr Krude und ich haben uns in den letzten zwei Stunden intensiv darüber unterhalten, was weiter mit euch geschehen soll. So kann es jedenfalls nicht weitergehen: Diebstähle, Drogenmissbrauch und kleinere Drogendealereien. Das muss aufhören. Eure Mutter ist mit den Nerven am Ende und deshalb nicht mitgekommen, es wäre für sie unerträglich. Sie sitzt zu Hause, heult sich die Augen aus und fragt sich, was bei eurer Erziehung falsch gelaufen ist, dass ihr zu kriminellen Junkies geworden seid. Das frage ich mich zwar auch, aber es ist hier nicht der richtige Ort und auch nicht der richtige Zeitpunkt, dieser Frage nachzugehen. Die jetzt einzig wichtige Frage ist, was weiter geschehen soll."

Er räusperte sich, dann nahm er eines der Wassergläser, die gefüllt auf dem Tisch bereitstanden, und trank einen Schluck, bevor er fortfuhr. Seine Kinder waren klug genug, ihn nicht zu unterbrechen und sahen ihn gespannt an.

„Herr Berger sagte klipp und klar, dass ihr beide in den Jugendknast wandert, wenn ihr nochmals beim Klauen oder Dealen erwischt werdet. Eure Mutter und ich wissen aber nicht, wie wir euch davon abhalten können, nachdem uns das bisher nicht gelungen ist. Deshalb haben wir beschlossen, dass ihr für ein paar Monate in ein Heim für schwer erziehbare Kinder kommt. Vielleicht schaffen die es ja, euch ein wenig Verantwortungsbewusstsein und einen Sinn für Recht und Ordnung beizubringen. Wir lieben euch sehr, aber wir sehen nun leider einfach keine andere Möglichkeit mehr."

Er zog den Stuhl unter dem Tisch hervor, an dem er sich bis jetzt festgehalten hatte und ließ sich schwer darauf fallen. Erschöpft blickte er einige Momente ins Leere, bevor er dem Sozialarbeiter zunickte, der daraufhin das Wort übernahm. Den Geschwistern war derweil die Kinnlade nach unten geklappt. Sie waren jedoch viel zu perplex, um irgend etwas zu erwidern. Für gewöhnlich hätte sich Hansi über das schmächtige Männchen mit Hornbrille, Halbglatze, hellblauem Pullunder und rot-weiß kariertem Hemd lustig gemacht. Aber in diesem Moment war das ungute Gefühl, diesmal nicht wieder so einfach aus der Geschichte herauszukommen, so präsent, dass selbst er sich jegliche dumme Bemerkung verkniff.

„Laut der geltenden Bestimmungen müsstet ihr beiden eigentlich in getrennten Heimen untergebracht werden. Eure Eltern sind allerdings der Meinung, dass euch das noch viel mehr aus der Bahn werfen könnte."

Nachdem er diesen Satz beendet hatte, erhob er sich und lief nun immer drei Schritte in die eine, dann wieder drei Schritte in die andere Richtung. Da er ohnehin mehr dozierte, als dass er wirklich an die Geschwister gewandt sprach, fühlte sich Hansi dabei unangenehm in die Schule zurückversetzt. Er fühlte sich irgendwie traumatisiert.

„Es gibt seit ungefähr einem Jahr eine neue Einrichtung, die einen eher alternativen Erziehungsansatz aufweist. Dort ist man auf wiederholte Nachfrage bereit, euch auch gemeinsam aufzunehmen. Über eines müsst ihr euch allerdings völlig im Klaren sein: dies ist eure letzte Chance. Wenn es dort auch nicht klappt, kommt ihr in verschiedene Heime, und zwar in verschiedenen Städten. Solltet ihr dann nochmals auffällig werden, wird es wohl auf einen Aufenthalt im Jugendgefängnis hinauslaufen. Ich kann euch also nur empfehlen, diese Gelegenheit sinnvoll zu nutzen und in euch zu gehen, bevor sich die Spirale für euch weiter nach unten dreht."

Er blieb stehen und nickte den Geschwistern gönnerhaft zu. „Eine Polizistin und ich werden euch jetzt in euer Elternhaus begleiten. Ihr habt dann eine Stunde Zeit, eure Koffer zu packen. Anschließend geht's gleich weiter ins Heim. Euer Gepäck wird dort eingehend durchsucht werden, ihr braucht also gar nicht erst auf den Gedanken zu kommen, irgendwelche Drogen einpacken zu wollen; die werden ohnehin konfisziert."

„Da freut sich der Heimleiter sicher schon darauf, dass er sich damit einen schönen Abend machen kann."

Diese Bemerkung musste Hansi einfach loswerden, auch wenn er ansonsten lieber stumm blieb und fieberhaft nach einem Ausweg suchte. In ihm brodelte es. Am liebsten hätte er die ganzen Erwachsenen im Raum angeschrien, dass er schon selbst wüsste, was für ihn und seine Schwester gut wäre. Einen kurzen Moment überlegte er, Gretel einfach an die Hand zu nehmen und zu fliehen - was mitten in einem Polizeirevier aber ziemlich blöd gewesen wäre.

So biss er die Zähne zusammen. Ihre Gelegenheit würde schon noch kommen. Beim Hinausgehen aus dem Zimmer musste er dann seine sichtlich geschockte Schwester stützen, damit diese nicht zusammenbrach.

Kapitel 3

Das erneute Erscheinen eines Polizeifahrzeugs vor dem Hause der Waldmanns nach so kurzer Zeit wurde natürlich wieder von sämtlichen Nachbarn verfolgt, diesmal mit noch größerer Aufmerksamkeit als sonst. Warum aber diese verzogenen Lausekinder wieder ins Haus gebracht wurden, konnten sie sich erst einmal nicht erklären. Waren die denn nicht endlich weggesperrt worden?

Das Kofferpacken und die ganzen Ermahnungen der Eltern dauerten dann doch deutlich länger als eine Stunde. Immerhin gelang es den beiden, in einem unbeobachteten Moment etwas Dope einzuwerfen, so dass sie ein wenig ruhiger wurden.

In dieser vertrauten Umgebung hatte Gretel dann nochmals versucht, ihren Vater umzustimmen. Sie sah ihn mit ihrem 'liebe-kleine-Tochter-Blick' treuherzig an und versprach, dass sie sich nie wieder etwas zuschulden kommen lassen und auch ganz sicher keine Drogen mehr nehmen würde. Sie merkte, wie ihr Vater ins Schwanken geriet. Ja, wenn sie 'Papas kleiner Liebling' spielte und ihn treuherziger anschaute, als dies selbst ein

Hundewelpe vermocht hätte, hatte er ihr noch nie etwas abschlagen können. Sie intensivierte nochmals ihren Blick, bevor sie von Herrn Krude mit einem harschen: „Das reicht jetzt!", unterbrochen wurde. An Herrn Waldmann gewandt setzte er noch hinzu: „Im Übrigen ist das jetzt auch nicht mehr Ihre Entscheidung."

Nach einem tränenreichen Abschied von ihren Eltern standen die Geschwister, flankiert von Herrn Krude und einer Polizistin, schließlich zwei weitere Stunden später vor einem Haus am Waldrand.

Dieses Haus bestand aus Erdgeschoss, zwei weiteren Stockwerken und einem Dach mit rotbraunen Ziegeln. Es war hellbeige verputzt und für ein Erziehungsheim nicht wirklich groß. Die hölzernen Klappläden waren dunkelbraun gestrichen und mit einem weiß-beige-roten Muster verziert, so dass der Eindruck von riesigen Lebkuchen entstand. Vor und neben dem Haus befand sich jeweils ein kleiner, gepflegter Garten. Dies sollte ein Erziehungsheim sein? Das sah eher nach einer Kulisse für einen Heimatfilm aus.

Hinter dem Haus war ein großes Grundstück eingezäunt, auf dem sogar ein Gewächshaus stand. Keine dieser kleinen Hobbygärtner-Glaskisten, sondern ein richtig großes Haus mit einer Grundfläche von zwölf auf zwanzig Metern. Die Geschwister staunten nicht schlecht, als sie dies sahen.

Herr Krude klingelte an der Haustür, die ebenfalls wie ein überdimensionaler Lebkuchen aussah. Offensichtlich waren sie erwartet worden.

Eine mollige, ältere Frau öffnete die Tür. Sie hatte trotz der grauen Haare, die zu einem Dutt am Hinterkopf aufgesteckt waren, ein erstaunlich jugendliches Gesicht. Ihre Kleidung bestand aus einer Jeanshose und einem giftgrünen Schlabberpulli, der aussah, als habe ihn jemand selbst gestrickt, ohne wirkliche Begabung dafür zu haben. Dazu trug sie Gesundheitsschuhe, selbstredend ohne Strümpfe. Sie lächelte die Besucher freundlich an.

Hansi und Gretel sahen sich an und konnten sich ein Grinsen trotz der unangenehmen Situation nicht verkneifen. Gretel raunte ihrem Bruder zu: „Hoffentlich ist das hier nicht der Knastlook. So möchte ich nicht rumlaufen. Das wäre ja eine größere Strafe, als hier wohnen zu müssen."

Herrn Krudes Augen leuchteten, als er die Frau begrüßte. Vor lauter Begeisterung für sie hatte er sogar Gretels Bemerkung überhört. Schließlich wandte er sich mit wieder ernsterer Miene den Geschwistern zu:

„Das ist Frau Hag, die Heimleiterin."

Hansi und Gretel begrüßten sie artig und versuchten, sich das Lachen zu verkneifen. Das sollte die Heimleiterin sein? Na, wenn die sonstigen Betreuer auch so freundlich und mild waren, würde es ja wohl ein Leichtes sein, von hier abhauen zu können. Ganz, oder nur für ein paar Stunden, um sich irgendwo zu amüsieren - das würde sich dann ergeben.

Frau Hag übersah geflissentlich die unruhigen Mundwinkel der Jugendlichen, wie sie auch schon Gretels Kommentar großzügig überhört hatte. Sie bat die beiden Neuankömmlinge herein, während sie zu Herrn Krudes Enttäuschung ihn und die Polizistin mit einem freundlichen „Danke fürs Herbringen der Kinder", gleich wieder verabschiedete.

Sofort, nachdem sie das Haus betreten hatten, schloss sich die Tür hinter den Geschwistern mit einem leisen Klicken. So leise dieses Geräusch auch war, hatte es für Gretel doch etwas Endgültiges. Fast hätte sie wieder begonnen, zu weinen. Mit aller Macht unterdrückte sie dieses Verlangen. Dabei krallte sie sich mit der einen Hand so sehr an ihrem Koffer fest, dass der Griff schmerzhaft in ihre Handfläche biss. Mit der anderen Hand klammerte sie sich an Hansis Arm fest. Tapfer hielt sie die aufkommenden Tränen zurück, während sie angestrengt versuchte, den Kloß im Hals hinunterzuschlucken. Sie wusste, dass ihr Bruder sonst ausgeflippt wäre. Auf ein solches zusätzliches Drama wollte sie doch lieber verzichten. Die ganze

Situation war so schon unangenehm genug. Sie bewunderte ihn dafür, dass er so völlig cool und unbeteiligt neben ihr stand, als sei das alles nichts Besonderes. In Wirklichkeit fühlte sich dieser eigentlich total paralysiert, weswegen er tatsächlich eher völlig abwesend als cool reagierte.

Frau Hag war zwischenzeitlich zu einem Tisch in einem etwas weiter hinten liegenden Teil der Eingangshalle gegangen. Als sie bemerkte, dass die Geschwister einfach stehen geblieben waren, drehte sie sich mit einem freundlichen Lächeln zu ihnen um.

„Nicht so schüchtern, ihr beiden, kommt ruhig näher. Dies hier ist die Eingangshalle," erklärte sie. „Weiter geradeaus ist das Esszimmer, links davon die Küche, rechts davon das Wohnzimmer." Mit ihren Händen deutete sie zu den jeweiligen Räumen. „Hin und wieder wird auf diesem Teller hier Gebäck liegen; das darf dann gerne gegessen werden. Tinky und Ali lieben es, zu backen und freuen sich, wenn alle zugreifen." Ein wenig Euphorie schwang in ihrer Stimme mit. „Außerdem seid ihr, wie viele Kokser, recht mager. Es wird euch gut tun, ein wenig mehr Fleisch auf die Rippen zu bekommen."

Hansi und Gretel sahen sich bei dieser Ansprache etwas ratlos an, wandten ihre Aufmerksamkeit aber schnell wieder der Heimleiterin zu, in der Hoffnung, dass diese doch noch etwas interessanteres zu sagen hatte. Sie hofften vor allem auf Hinweise zu Schließzeiten oder sonstige Anhaltspunkte, die ihnen die Flucht erleichtern konnten. Frau Hag ließ sich unterdessen nicht aus dem Konzept bringen und versuchte weiterhin, die Neuankömmlinge mit den Gegebenheiten des Hauses vertraut zu machen.

„Direkt links von euch ist mein Büro. Die Treppe hoch im ersten Stock sind die Zimmer der Mädchen. Die Jungs schlafen nochmals ein Stockwerk höher. Es gibt jeweils drei Doppelzimmer, wobei eines der Jungenzimmer gerade nicht belegt ist. Es wird von euch erwartet, dass ihr im Haushalt und im Garten mithelft. Wir pflanzen das meiste Gemüse und den Salat selbst an. Daher gibt es immer viel zu tun. Zweimal wöchentlich kommt eine Psychologin ins Haus. Nach der ersten Sitzung wird diese entscheiden, wie oft und wie lange ihr mit ihr sprechen werdet und welche Therapien ihr gegebenenfalls noch zusätzlich bekommt."

Frau Hag hob leicht die Stimme an, um sich wieder der vollen Aufmerksamkeit der Geschwister zu versichern. „Ach ja - Mobiltelefone, Tablets und Ähnliches sind hier nicht gestattet. Bitte legt jetzt alles Derartige hier hin. Danach zeige ich euch eure Zimmer."

Die Heimleiterin drehte sich halb zur Seite und deutete mit einer auffordernden Geste zum Tisch. „Währen eures Aufenthaltes hier werden diese Dinge sicher verwahrt, bei eurer Entlassung bekommt ihr selbstverständlich alles wieder zurück."

Nach kurzem Zögern nahm Hansi ein Smartphone aus seiner Jackentasche und gab es ab.

„Tablet hab ich keins", brummte er.

Frau Hag sah ihn freundlich lächelnd an. „Bitte entschuldige, dass ich mich nicht eindeutig ausgedrückt habe. Netbooks sind ebenfalls nicht gestattet. Wenn du es dann zusammen mit deinem zweiten Mobiltelefon auspacken würdest?"

Hansi klappte schon zum zweiten Mal an diesem Tag die Kinnlade nach unten. Irgendwie war ihm die Alte jetzt doch etwas unheimlich. Er überlegte sich, ob er einfach lügen sollte, verspürte aber plötzlich den unbezwingbaren Drang, Frau Hag gehorchen zu wollen. Verwundert über sein eigenes Verhalten setze er seinen Koffer ab und holte sein Netbook und sein nagelneues Smartphone hervor. Gretel, ebenso verwundert über sich selbst, tat es ihrem Bruder gleich, wofür die beiden mit einem freundlichen Lächeln von der Heimleiterin belohnt wurden.

„Na also, ich sehe schon, wir werden uns gut verstehen. Und nun kommt mit, ich zeige euch die Zimmer, damit ihr dort eure Koffer auspacken könnt, bevor es Abendessen gibt. Das ist übrigens immer um achtzehn Uhr, ihr habt also noch eine ganze Stunde Zeit."

Mit diesen Worten ging Frau Hag zur Treppe und in den ersten Stock hinauf.

Leicht geschockt flüsterte Hansi seiner Schwester

zu: „Haben wir gerade wirklich freiwillig unsere Handys abgegeben?"

Sie schluckte hart und nickte beklommen, dann folgten die Geschwister der Heimleiterin zögerlich. Verwirrt und ohne wirklich eine Antwort zu erwarten, weil hauptsächlich an sich selbst gerichtet, sprach Hansi halblaut die Frage aus: „Wie konnte es nur dazu kommen?"

Im ersten Stock waren sechs Türen zu sehen. Frau Hag deutete auf die verschiedenen Zugänge, während sie aufzählte: „Toiletten, Schlafraum eins, Schlafraum zwei, Schlafraum drei, Badezimmer der Mädchen, die Tür zu meinen privaten Räumen."

Gretel konnte ein halb entsetztes „Sie wohnen hier?", nicht zurückhalten.

Die Heimleiterin lächelte. „Ja, sicher. Dieses Haus ist nicht nur ein Erziehungsheim, sondern auch mein Zuhause. Deshalb habe ich außer Tinky und Ali im Gewächshaus auch kein Personal. Gut, Bodo ist noch da, aber der zählt eher nicht als Personal. Doch immer schön eines nach dem anderen, ihr werdet noch früh genug mit ihnen zu tun haben. Gretel, du schläfst hier in Zimmer drei. Du kannst ruhig schon einmal hineingehen und deinen Koffer auspacken. Serena, mit der du das Zimmer nun teilst, ist noch bei der Gartenarbeit. Du wirst sie dann beim Abendessen kennenlernen."

Gretel sah erst die Frau, dann ihren Bruder

fragend an. Nachdem Hansi bestätigend genickt hatte, öffnete sie zögerlich die Tür und sah vorsichtig in den Raum. Das Zimmer war mit einem hellen Laminatboden ausgestattet. Die Möblierung, ebenfalls in hellem Holz gehalten, bestand lediglich aus zwei Betten, zwei Nachtkästchen und zwei Schränken. Vor den Fenstern hingen grüne Vorhänge, die farblich zur hellgrünen Bettwäsche passten.

Frau Hag bemerkte Gretels Zögern. „Geh nur, es ist jetzt auch dein Schlafzimmer. Den rechten Schrank und das rechte Bett benutzt Serena. Die Möbel auf der linken Seite sind also für dich. Es ist hier üblich, dass sich alle außerhalb der Schlafens- und Arbeitszeit entweder im Esszimmer oder im Wohnzimmer aufhalten. Dort ist genügend Platz, falls du mal einen Brief schreiben möchtest oder sonstwie einen Tisch brauchst."

Während Gretel langsam durch die Zimmertür ging, als habe sie Angst, dass sie dort plötzlich von etwas angesprungen werden könne, drehte sich Frau Hag schon um und drängte Hansi, mit ihr die Treppe in das nächste Stockwerk hinaufzugehen.

Dort angekommen öffnete sie die erste Tür. „So, hereinspaziert, Hansjörg. Du teilst dein Zimmer mit Kevin."

Angesichts des völlig zerwühlten Bettes auf der rechten Seite fügte sie mit leichtem Stirnrunzeln hinzu: „Man sieht ja deutlich, welches er benutzt."

Nach einer kurzen Pause fuhr sie wieder an Hansi gerichtet fort: „Wenn nachher der Essensgong ertönt, holst du bitte deine Schwester in ihrem Zimmer ab und ihr kommt anschließend zusammen in das Esszimmer. Dort lernt ihr dann auch die anderen Heimbewohner kennen." Mit diesen Worten wandte sich Frau Hag ab und ließ ihn alleine.

Hansi sah sich neugierig im Zimmer um. Die Einrichtung glich der von Gretels Zimmer, einschließlich der farblichen Zusammenstellung. Er wollte gerade anfangen, seine Klamotten aus dem Koffer in den Schrank zu räumen, als er plötzlich innehielt. 'Ja, bin ich denn bekloppt?', fragte er sich in Gedanken. Warum sollte er sich diese Mühe überhaupt machen? Die alte Schachtel hatte doch selbst gesagt, dass es außer ihr nur noch zwei Angestellte und einen gewissen Bodo gab. Da Letzterer nicht wirklich zum Personal gehörte, war das wahrscheinlich ein alter Rentner, der Hausmeisterdienste verrichtete, wie etwa Glühbirnen austauschen und ein paar Schrauben festdrehen. Vielleicht sollte er damit mal bei der Heimleiterin anfangen. Bei so wenigen Mitarbeitern war es sicher ein Leichtes, unbemerkt abzuhauen.

Tatsächlich hatten er und seine Schwester zwar die Smartphones und sein Netbook abgeben müssen, der Koffer war aber wider Erwarten nicht durchsucht worden, weshalb auch die drei Beutelchen Koks nicht entdeckt wurden, die er dort versteckt hatte. Wenn sie zwei davon verkaufen würden, hätten sie genügend Geld, um ein paar Tage überbrücken zu können. Es würde sich dank ihrer Kontakte schon eine Möglichkeit ergeben, wie sie richtig ins Drogengeschäft einsteigen konnten, nicht nur so sporadisch wie bisher. Er malte sich aus, wie sie innerhalb kürzester Zeit viel Geld verdienen und in einem großen Haus mit Bediensteten leben würden. Ja! Das war das Leben, das ihm vorschwebte. Für ein paar Minuten stellte er sich vor, wie er und Gretel am hauseigenen Pool lagen, sich den einen oder anderen Dope reinzogen, wilde Partys feierten und auf Schule und sonstige Verpflichtungen pfiffen.

Vergnügt stellte er den ungeöffneten Koffer einfach in seinen Schrank. Dann überlegte er nochmal kurz, nahm eines der Päckchen heraus und versteckte es unter seiner Matratze. Sicher war sicher.

Gretel verspürte ebenfalls keine Veranlassung, ihren Koffer auszupacken. Bei ihr lag es allerdings daran, dass sie sich, alleine im Zimmer, erst einmal bäuchlings aufs Bett warf und angesichts ihrer Situation fürchterlich zu weinen begann. Was sollte jetzt nur aus ihr werden? Ihr Bruder hätte sicherlich eine Idee, der hatte immer einen guten Einfall parat, aber sie hatte sich die letzten Jahre immer so sehr auf ihn verlassen, dass es ihr jetzt schwerfiel, selbst auf gute Ideen zu kommen.

Bis einige Zeit später der Essensgong erklang, hatte sie zwar aufgehört zu weinen, jedoch war sie immer noch in einer Art Schockstarre, die verhinderte, dass sie sich vom Bett erheben oder gar ihren Koffer auspacken konnte.

So fand Hansi seine Schwester, kurz nachdem der Gong verklungen war, auf dem Bett liegend, das Gesicht ins Kissen gedrückt, den Koffer mitten im Zimmer stehend. Er schüttelte stumm den Kopf, packte kurzerhand das Gepäckstück in den Schrank und nahm anschließend seine Schwester an die Hand. Als sie mutlos ihren Kopf hob, blickte er ihr prüfend ins Gesicht. „Sag mal, hast du geflennt?" Er schüttelte den Kopf. „Musst du nicht, ich hol uns hier in null Komma nix raus und dann machen wir das, was wir wollen." Wie in Zeitlupe setzte sie sich mit leerem Blick auf, die Haare völlig zerzaust. Es vergingen noch einige Momente, bis sie genügend Energie beisammen hatte, um sich die Frisur wieder einigermaßen zu richten und vollends aufzustehen. Hansi schenkte ihr einen tröstenden Blick, bevor er sie hinter sich herzog.

Kapitel 4

Kurz bevor sie das Esszimmer erreichten, hatte sich Gretel soweit gefangen, dass Hansi ihre Hand loslassen konnte. Nochmals ein aufmunternder Blick, dann gingen beide nacheinander hinein. Acht Jugendliche blickten sie neugierig an. Die Heimleiterin begrüßte sie freundlich mit den Worten: „Hallo! Schön, dass ihr da seid. Bitte setzt euch doch, dann können wir beginnen, zu essen. Diejenigen, die den ganzen Tag gearbeitet haben, sind schon recht hungrig."

Frau Hag deutete auf zwei freie Stühle rechts von ihr. Die Geschwister taten wie geheißen. Kaum hatten sie Platz genommen, sprangen ein Junge und ein Mädchen auf, um kurz danach mit Platten und Schüsseln beladen wieder aus der Küche zu kommen.

Hansi blickte den beiden erwartungsvoll entgegen. Er erspähte etwas Grünes und etwas braungelb Gebackenes, doch er konnte beides nicht zuordnen.

„Was soll das denn sein?", fragte er mit großen Augen.

„Brennnesselsalat mit Tofubratlingen", antwortete ihm der Junge voller Stolz.

„Was für Zeugs? Geht's noch? Das ist doch bloß

Schweinefutter und kein Essen!", rief Hansi aufgebracht. „Das soll doch wohl hoffentlich nur ein Scherz sein, damit ihr über die zwei Neuankömmlinge lachen könnt!"

Mit angewidertem Gesicht starrte er auf die Platten und Schüsseln, die in der Mitte des Tisches standen. Als diese eben hereingetragen worden waren, war er noch davon ausgegangen, dass dies die Beilagen sein sollten und das 'richtige' Essen noch kommen würde. Nach und nach hatten aber alle ihre Teller gefüllt, ohne dass nochmals jemand in die Küche gegangen wäre. Er empfand es als bodenlose Frechheit, so etwas vorgesetzt zu bekommen. Er wollte gerade weitertoben, als Frau Hag ihm ganz liebenswürdig erklärte, dass er entweder das essen könne, was alle aßen, oder auch einfach einen Fastentag einlegen. Ganz wie er wünsche.

Während sich Gretel zögerlich eine winzige Portion Brennnesselsalat nahm, um zu kosten, starrte ihr Bruder die Heimleiterin für einen Moment entgeistert an. Nachdem er diese erneute Zurechtweisung verarbeitet hatte, polterte er wieder los: „Wir sollen hier geschwächt werden, damit wir uns nicht wehren können, womöglich sogar vergiftet!"

In dem Moment, in dem er Luft holte, um sich lautstark weiter beschweren zu können, erklang eine helle Mädchenstimme mit einem schneidenden Unterton: „Wenn du nicht gleich deine dumme Fresse hältst und das isst, was alle hier essen, dann polier' ich sie dir, bis du dir eh nur noch Flüssiges reinziehen kannst!"

Erstaunt drehte sich Hansi zu der Sprecherin, entdeckte aber nur ein kleines, zierliches Mädchen mit blonden Locken. Sie hatte eigentlich ein hübsches Gesicht, das derzeit aber zu einer sehr finsteren Miene verzogen war. Bei ihrem Anblick entfuhr Hansjörg ein überhebliches Kichern.

Der Junge, der dem Mädchen gegenübersaß, grinste. „Sei vorsichtig, die Kleine sieht nur so süß und hilflos aus. Paula kann aber ganz schön austeilen. Sie ist hier, weil sie mal wieder einen Typen krankenhausreif geschlagen hat, der sie angemacht hatte."

„Der Wichser wollte mich betatschen!" Jetzt warf Paula ihrem Gegenüber ebenfalls einen bösen Blick zu.

„Das reicht für den Moment", meldete sich Frau Hag zu Wort. „Paula, glaubst du wirklich, es wäre hier ruhiger, wenn du Hansjörg schlägst?"

Trotzig hielt das Mädchen dem Blick der Heimleiterin stand. „Der würde dann sicher nicht mehr am Essen rummäkeln."

Frau Hag nickte bedächtig. „Da magst du wohl recht haben, aber ich denke, wenn er dann die ganze Zeit wegen der Schmerzen herumjammert, ist nicht wirklich etwas gewonnen. Im Gegenteil, dieses Jammern wird wahrscheinlich deutlich länger anhalten, als das Gemeckere über das Essen. Deshalb würde ich vorschlagen, wir ignorieren ihn einfach."

Paula schnaubte gereizt, nickte dann aber zustimmend, auch wenn ihr das sichtlich schwerfiel. Man sah ihrem weiterhin kampfeslustigen Blick deutlich an, dass sie Hansi trotzdem lieber vermöbelt hätte - schon wegen der Befriedigung, die das mit sich gebracht hätte.

Sein Atem ging schwer vor Zorn. Innerlich brodelnd über diese Abkanzelung starrte er mit zusammengepressten Lippen auf seinen noch immer leeren Teller, um den Blicken der anderen nicht begegnen zu müssen. Ihm war klar, dass es nur noch schlimmer geworden wäre, wenn er jetzt darauf geantwortet hätte, wahrscheinlich wäre die kleine Wildkatze dann tatsächlich auf ihn losgegangen. Andererseits fühlte er sich derart überfahren, dass er nicht einmal wusste, was er überhaupt hätte erwidern sollen.

So verlief das Essen weitgehend schweigend, die Stimmung war durch diesen Vorfall schon versaut. Hansi nahm sich nach einigem Zögern doch noch widerstrebend von Salat und Bratlingen, schon allein um genügend Kraft für die Flucht in der Nacht zu haben. Um seinem Ärger sichtbar Ausdruck zu verleihen, ließ er das Essen klatschend in seinen Teller plumpsen.

Doch nach einigen anfangs widerwilligen Bissen musste er insgeheim zugeben, dass es gar nicht mal so schlecht schmeckte und sogar sättigte. Permanent Fluchtpläne im Kopf, achtete er immer wieder mit einem seitlichen Blick darauf, dass auch seine Schwester genügend aß. Die schien tatsächlich Hunger zu haben und aß mehr als üblicherweise zu Hause.

Der Abend ging recht schnell vorbei. Die anderen Jugendlichen stellten sich den Geschwistern nach und nach vor, Hansi machte sich jedoch nicht die Mühe, sich die ganzen Namen zu merken. Nur Kevin, seinen Mitbewohner, sah er sich genauer an. Dieser war, wie er selbst, siebzehn Jahre alt und auch etwa gleich groß, allerdings deutlich schmächtiger. Offensichtlich war er schon länger hier und hatte ständig einen coolen Spruch auf Lager. Hansi hoffte, dass Kevin nicht vorzeitig Alarm schlagen würde, wenn er heute Nacht abhaute.

An den Gesprächen beteiligte er sich nicht. Stattdessen heuchelte er Interesse am Fernsehprogramm, auch wenn der Herz-Schmerz-Film, der gerade über die Mattscheibe flimmerte, nicht ansatzweise seinen Geschmack traf. Aus den Augenwinkeln heraus beobachtete er gleichzeitig seine Schwester. Erstaunlicherweise schien sie sich tatsächlich für den Film zu begeistern. Gut, dann war ihre Aufmerksamkeit wenigstens darauf gerichtet, so redete sie schon keinen Blödsinn. Über die Fluchtpläne hatte er noch nicht mit ihr gesprochen. Er war sich sicher, dass sie ohne Fragen zu stellen mitkommen würde - es musste ihm dann nur gelingen, sie in der Nacht wachzubekommen, ohne ihre Mitbewohnerin zu wecken. Hansi schielte zu dem Mädchen, das sich als Serena und Gretels Zimmergenossin vorgestellt hatte. Eine pummelige Fünfzehnjährige mit etlichen Aknenarben im Gesicht und pinkfarbenen, kinnlangen Haaren. Sie sah ziemlich erschöpft aus. Er hoffte, dass sie dadurch einen tiefen Schlaf hatte und nicht gleich aufwachen würde, wenn er seine kleine Schwester weckte.

Als sich schließlich alle Bewohner zur Ruhe begeben hatten und es im Haus still wurde, hatte Hansi damit zu kämpfen, nach diesem anstrengenden Tag nicht von der Müdigkeit übermannt zu werden. Er musste sich selbst eingestehen, dass das Bett wirklich bequem war. Nachdem sich Kevins Atemzüge schon eine ganze Weile ruhig und gleichmäßig anhörten, stand er auf, um nicht selbst auch noch ins Land der Träume abzugleiten. Ob Serena wohl schon schlief? Er beschloss, das Wagnis einzugehen.

So leise wie möglich öffnete er seinen Schrank und nahm den Koffer heraus. Hierbei entstand ein leicht schabendes Geräusch. Angespannt hielt Hansi inne und lauschte - Kevins Atem ging immer noch sehr gleichmäßig. Gut. Schon wollte er die Schranktür wieder schließen, unterließ es dann aber. Wozu sollte das auch gut sein? Es wäre ja zu dumm gewesen, wenn Kevin von dem klappernden Geräusch aufgewacht wäre. Rasch öffnete er die Zimmertür und huschte so leise wie möglich in den Flur. Horchend blieb er einen Moment stehen, doch es blieb alles ruhig.

Die nächtliche Dämmerbeleuchtung im Flur half ihm, den Weg zur Treppe zu finden, ohne das Deckenlicht einschalten zu müssen.

'Die machen es einem hier wirklich leicht', dachte er sich, und schlich Stufe um Stufe hinunter. Plötzlich knarzte das Holz ein wenig. Ihm war jedoch, als würde man es lautstark bis in den hintersten Winkel des ganzen Hauses hören. Erschrocken blieb er stehen, hielt den Atem an und lauschte. Doch es war nichts zu hören. Gut! Erleichtert atmete er wieder aus. Vorsichtig schlich er weiter die Treppe hinab. Um zu verhindern, dass sein Koffer versehentlich irgendwo gegenstieß, umklammerte er ihn mit beiden Armen. Endlich war er im ersten Stock angekommen. Prüfend lauschte er nochmals, doch es war weiterhin alles ruhig.

Er wollte schon die Zimmertür Nummer drei öffnen, entschied sich dann aber dafür, doch zuerst sein eigenes Gepäckstück ganz nach unten zu bringen, um nicht auch noch Gretels Koffer zusätzlich tragen zu müssen. Sie wäre so kurz nach dem Aufwachen sicherlich nicht dazu in der Lage gewesen; jedenfalls nicht leise und ohne zu stöhnen und schon gar nicht, ohne damit irgendwo anzustoßen.

Er schüttelte den Kopf. Er liebte seine Schwester wirklich sehr, aber er fragte sich manchmal, ob sie auch ohne ihn irgend etwas auf die Reihe bekommen würde.

Unten angekommen war er erleichtert, dass die Treppe zwischen erstem Stock und Erdgeschoss keine Geräusche von sich gab. Vorsichtig stellte er seinen Koffer unter dem Tisch in der Eingangshalle ab. Auf dem Teller dort lagen jetzt tatsächlich ein paar Lebkuchen. Er beschloss, hiervon welche einzupacken, bevor sie das Haus verließen.

Zuerst ging er jedoch wieder lautlos in den ersten Stock hinauf. Behutsam öffnete er Tür Nummer drei und lauschte angespannt. Nach kurzer Zeit konnte er zwei verschiedene Atemgeräusche ausmachen, beide sehr gleichmäßig. Von außerhalb des Zimmers waren weiterhin keine Laute zu hören. Er betrat das Zimmer, lehnte die Tür an und schlich zum Bett seiner Schwester. Hoffentlich war sie beim Aufwachen leise, sonst wäre sein ganzer schöner Plan zunichte.

Vorsichtig rüttelte er Gretel am Arm. Sie hob ihren Kopf ein wenig, ließ ein schläfriges „Hm?" vernehmen und stand leise auf, als sie Hansi erkannte. Sie hatte wohl doch nicht ganz so tief geschlafen wie gedacht. Wie meistens verstanden sich die Geschwister auch ohne Worte. Während sich Gretel ohne weitere Fragen vollständig anzog, nahm Hansi vorsichtig ihren Koffer aus dem Schrank.

Gemeinsam schlichen sie die Treppe nach unten, nahmen ihre Koffer, grapschten sich je zwei Lebkuchen als Wegzehrung und gingen zur Haustür. Die Fenster im Erdgeschoss waren nicht vergittert. Sollte die Haustür abgeschlossen sein, würden sie einfach durch eines der Fenster fliehen - so war Hansis Plan. Die Tür war tatsächlich abgeschlossen, jedoch von innen. Der Schlüssel steckte, was Hansi ein leises Lachen entlockte. Die anderen mussten ja schön blöd sein, wenn sie hier blieben, obwohl die Flucht doch so leicht war!

Er öffnete vorsichtig die Tür und horchte. Kein Alarm oder sonstiges Geräusch zu hören. Nachdem er seiner Schwester ein Zeichen gegeben hatte, verließen sie nacheinander das Haus.

Hansi überlegte kurz, ob sie quer durch den Garten gehen sollten, um zu verhindern, dass sie für die Heimleiterin von deren Räumen aus zu sehen waren. Dort wären sie allerdings nur sehr langsam vorangekommen, weil sie bei dem unebenen Boden in der Dunkelheit genau auf ihre Schritte hätten achten müssen, um nicht zu stolpern und letztlich zu stürzen. Er beschloss, alles auf eine Karte zu setzen und ging den Hauptweg in Richtung Gartenzaun.

Die Gartentür war nur angelehnt. Mit einer Mischung aus Kopfschütteln, Schulterzucken und einem breiten Grinsen im Gesicht gingen die Geschwister erwartungsvoll hindurch, ihrer erhofften Freiheit entgegen.

„Jetzt noch durch das kleine Wäldchen, dann sehen wir schon die Lichter der Stadt. Mann, war das einfach. Ich kapier' nicht, was die anderen daran hindert, nicht auch einfach abzuhauen. Naja, nicht unser Problem." Nach einer kurzen Pause fuhr er fort: „Du, ich habe mir gedacht, wir verkaufen einfach zwei der drei Päckchen Schnee ... - Shit, ich habe das dritte Päckchen im Haus unter der Matratze liegen gelassen!"

Hansi blieb stehen und klatschte sich mit der flachen Hand an die Stirn. Wie hatte er das nur vergessen können! Er überlegte kurz, ob er zurückgehen sollte, entschied sich dann aber dagegen. Auch wenn es sehr einfach gewesen war, das Haus zu verlassen, wollte er kein Risiko eingehen. Dann musste es eben so gehen. Er nahm seine Schwester an der Hand und gemeinsam gingen sie auf den Wald zu.

Kaum dort angekommen, bemerkte Gretel eine Bewegung aus dem Augenwinkel. „Da huscht was, da, sieh doch."

Trotz ihrer Angst bemühte sie sich, leise zu sprechen, um nicht noch mehr Getier aufzuschrecken und deutete mit der freien Hand nach rechts in den Wald. Hansi drehte sich zu ihr um: „Das wird ein Reh oder so etwas sein. Das Viehzeug hat mehr Angst vor uns, als wir vor dem. Komm weiter."

Als er wieder nach vorne schaute, starrten ihn plötzlich zwei gelblich-grüne Reptilienaugen an, die von innen heraus leicht zu leuchten schienen. Ein eiskalter Schauer jagte ihm über den ganzen Körper. Er schluckte, schloss die Augen und öffnete sie erneut.

In diesem Moment trat der Mond hinter einer Wolkenbank hervor, so dass er nicht nur die Augen, sondern auch die Umrisse des dazugehörigen Kopfes sehen konnte. Sein Blick wanderte an der Gestalt ihm gegenüber weiter nach unten, während er es nicht wagte, sich zu rühren. Da stand doch tatsächlich eine überdimensionierte Echse vor ihm! Das Vieh war gut und gerne zwei Meter hoch und wahrscheinlich drei bis vier Meter lang, den Schwanz mit eingerechnet. Wusste die Kreatur nicht, dass Dinosaurier ausgestorben waren? Und was noch viel wichtiger war - wie sollten sie unbeschadet an diesem Ding vorbeikommen?

Hansi nahm all seinen Mut zusammen und machte einen kleinen Schritt nach rechts. Sofort schob ihn das Tier mit seiner krallenbewehrten Hand wieder in Richtung Mitte. Nach links - das Gleiche.

Mit einem Mal warf es seinen Kopf in den Nacken und gab ein Geräusch von sich, das wie eine Mischung aus Schnauben und Tröten klang. Das war sicherlich kilometerweit in alle Richtungen zu hören. Ob ihnen wohl jemand zu Hilfe eilen würde, der dieses seltsame Geräusch vernahm? Genaugenommen war das ziemlich unrealistisch. Wer mitten in der Nacht aus dem Wald solche unheimlichen Laute vernehmen muss, läuft lieber so schnell und so weit weg wie möglich.

Während Gretel in Tränen ausbrach, überlegte Hansi fieberhaft, wie sie dem Tier entkommen konnten.

„Ah, sehr schön. Wie ich sehe, habt ihr Bodo bereits kennengelernt", hörten die Geschwister plötzlich eine bekannte Stimme hinter sich.

Sie drehten sich um und wussten in dem Moment nicht, ob sie erleichtert oder frustriert sein sollten, dass ausgerechnet Frau Hag dort stand.

„Wenn ihr möchtet, könnt ihr morgen Bodo gerne ausführen, aber jetzt ist es schon spät. Deshalb schlage ich vor, wir gehen alle zusammen zurück und schlafen noch ein bisschen. Der Tag wird anstrengend, egal ob ihr Bodo ausführt oder andere Arbeiten verrichtet."

Die Heimleiterin drehte sich um und marschierte auf das Haus zu. Resigniert liefen ihr die Geschwister mit hängenden Schultern hinterher, während die übergroße Echse neugierig an ihren Koffern schnüffelte.

Während des Rückwegs erklärte Frau Hag: „Bodo ist ein Hausdrache. Ein sehr seltenes Exemplar, da männlich. Weibliche Hausdrachen gibt es viele, aber männliche sind rar. Er ist quasi der Wachhund des Heims. An ihm kommt nichts und niemand vorbei, ohne dass er es bemerkt. Er ist übrigens auch sehr gut darin, Drogen aufzuspüren. So, wie er an euren Koffern interessiert ist, werde ich mir den Inhalt wohl doch erst noch ansehen müssen, bevor wir wieder ins Bett können."

Hansi klappte die Kinnlade ein weiteres Mal herunter. Ein Hausdrache als Wachhund? Ihre Flucht war fehlgeschlagen und dann sollten auch noch ihre Drogen konfisziert werden? Schon wieder? Das war wirklich mit Abstand der schlechteste Tag im Leben der Geschwister - dachten sie.

Zurück im Haus waren die Drogenpäckchen schnell gefunden. Hilflos mussten sie mit ansehen, wie diese in der Tasche der Strickjacke der Heimleiterin verschwanden.

Gretel war in diesem Moment aber dennoch froh, nicht mehr in der Nähe des Drachen zu sein. Auch wenn dieser die ganze Zeit über friedlich gewesen war, war er ihr doch unheimlich. Außerdem war sie müde. Sie wollte zwar nicht hier sein, aber in einem weichen Bett schlafen zu können überwog nach all den Strapazen und der Aufregung alles andere. Bevor sie wieder einschlief, lief ihr nochmals ein Schauer über den Rücken, als sie daran dachte, dass sie am nächsten Tag womöglich mit einem Drachen Gassi gehen sollte. Mit einem Drachen! Wie sollte sie denn den im Zaum halten, wenn er ihr durchging?

Kapitel 5

Nach dem Frühstück am nächsten Morgen stand den beiden eine neue Überraschung bevor: Sie sollten zusammen mit einem Mädchen namens Judith im Gewächshaus arbeiten. Auf dem Weg dorthin wunderten sich die Geschwister, dass niemand sonst sie begleitete und sie auch keine genaueren Anweisungen bekommen hatten.

Ein paar Meter vor dem gläsernen Bau hielt es Hansi nicht mehr aus: „Hey Judith, weißt du, was es im Gewächshaus zu tun gibt? Ich meine, die Alte hat bloß gesagt, dass wir dort ackern sollen, aber mehr nicht - oder habe ich was überhört?"

Judith lächelte und zeigte dabei ein paar schiefe Zähne, während sie ihre strähnigen, hellbraunen Haare aus dem Gesicht strich. „Im Gewächshaus wohnen Tinky und Ali. Die beiden sagen uns, was zu tun ist. Ein kleiner Tipp: lasst euch nicht von ihrer geringen Körpergröße täuschen. Die zwei können einem echt das Leben schwer machen, wenn man nicht gehorcht, oder sich extra blöd anstellt."

Dort angekommen betrachtete Gretel fasziniert die riesigen Glaswände, die jetzt direkt vor ihnen aufragten. „Das Teil ist ja echt gewaltig - aber darin wohnen? Ich weiß nicht, das wäre mir jetzt irgendwie zu ... naja, zu durchsichtig halt."

Judith lachte. „Warte, bis du Tinky und Ali kennengelernt hast, dann wunderst du dich nicht mehr."

Die drei Jugendlichen betraten das Gewächshaus, blieben aber im Eingangsbereich stehen. Judith schloss die Tür und achtete darauf, dass sie sorgfältig verriegelt war. „Es ist wichtig, dass die immer ganz zu ist, sonst kommt Bodo hier rein und dann gibt es Zoff. Es ist nicht so, dass Tinky und Ali ihn nicht mögen würden, aber der Drache frisst einfach wahllos alles, was ihm vor die Schnauze kommt, egal, ob es gut für ihn ist, oder nicht. Und dass manches schon für das Essen verplant ist, interessiert ihn überhaupt nicht. Noch schlimmer ist es, wenn er etwas in die Nase bekommt, auf das er allergisch reagiert. Wenn er niest ist dann das Meiste kaputt."

„Ist sein Niesen so gewaltig?", fragte Gretel erstaunt.

Judith kicherte: „Kommt drauf an, was du unter gewaltig verstehst. Er spuckt dann halt Feuer und das vertragen die wenigsten Pflanzen."

Hansi wurde blass. „Der Wachhund des Heims ist ein feuerspeiender Drache?", fragte er entsetzt. Seine Stimme überschlug sich, als ob er im Stimmbruch wäre.

Judith zuckte gleichmütig die Schultern. „Yep. Aber so ein Nieser kündigt sich normalerweise lange genug an, so dass man sich vorher in Sicherheit bringen kann. Ich denke, ihr versteht jetzt, warum Bodo nicht hier hereingelangen sollte."

„Danke, dass du das unseren Neuankömmlingen so anschaulich erklärt hast, Judith", tönte eine glockenhelle Stimme aus dem Grünzeug direkt neben den Jugendlichen.

Die Geschwister zuckten ein wenig zusammen und suchten mit den Augen nach der Sprecherin, sahen aber niemanden.

„Ihr sucht zu weit oben", meldete sich eine zweite, ebenso helle Stimme von der anderen Seite. Hansi und Gretel fuhren herum. Dann flatterte etwas in das Blickfeld der Menschen. Dieses Etwas war ungefähr dreißig Zentimeter groß, hatte vier große, libellenartige Flügel auf dem Rücken und trug ein Kleidchen, das in Form und Farbe einer Glockenblume nachempfunden war. Langes, blondes Haar umspielte das Wesen, auf dem Kopf trug es ein Hütchen, das ebenfalls wie die Blüte einer Glockenblume aussah. Die Geschwister starrten die Erscheinung mit offenen Mündern an.

„Wohl noch nie eine Blumenfee gesehen, wie?", fragte die andere helle Stimme schnippisch. Die Geschwister fuhren erneut herum. Wäre ihr Mund nicht ohnehin schon offen gestanden, wäre er erneut aufgeklappt. Dann flog auch dieses Wesen in das Blickfeld der Menschen. Diese Fee war gleich groß wie die Blondine, hatte ebenfalls lange, jedoch schwarze Haare, trug ein dunkelgelbes Kleid und ein

Hütchen aus gelben Federn. Hansi rieb sich die Augen, aber das Bild, das er sah, änderte sich nicht. Verflixt, war im Frühstück LSD gewesen? Er hatte ja gewiss schon einige Trips hinter sich - doch so etwas war ihm dabei noch nie erschienen.

„Genug gestarrt", meldete sich das kleine blonde Wesen in bestimmendem Ton wieder zu Wort. „Jetzt wird gearbeitet. - Ach ja, ich bin übrigens Ali und die Fee in Gelb ist Tinky."

Sie wies den Menschen verschiedene Tätigkeiten zu und verschwand anschließend wieder im Grünzeug. Judith machte sich an die Arbeit, während die Geschwister noch wie versteinert dastanden. Mittlerweile war es ihnen immerhin gelungen, den Mund wieder zu schließen.

„Leute, fangt jetzt lieber an, zu arbeiten, sonst werden die Feen sauer", sprach sie leise, aber drängend. „Davon abgesehen, dass sie recht unangenehm werden können, werdet ihr sonst für andere Tätigkeiten eingeteilt und glaubt mir, ich weiß, wovon ich rede: Blumen gießen und Unkraut jäten ist wirklich nicht die schlechteste Arbeit."

Die Geschwister zögerten noch etwas, bis sie wieder einigermaßen Zugang zur Realität hatten. Es war, als ob sie aus einem höchst merkwürdigen Traum erwachen würden. Schließlich setzten sie sich aber in Bewegung und kamen den Anweisungen nach, allerdings nicht, ohne sich zu fragen, ob das hier tatsächlich passierte. Hin und wieder zeigten sich die Feen und gaben weitere Anweisungen, ansonsten arbeiteten die drei Jugendlichen mehr oder weniger unbehelligt vor sich hin.

Hansi war mit dem Gießen nun fast im hinteren Bereich des Gewächshauses angelangt, als er plötzlich mitten in der Bewegung innehielt. Überwältigt senkte sich unwillkürlich sein Unterkiefer, womit auch sein Mund zum wiederholten Male offenstand. Er traute seinen Augen nicht und kniff sich in den Arm, um festzustellen, ob er während der gleichförmigen Arbeit eingeschlafen war - aber nein: der Anblick war noch immer derselbe, zudem schmerzte nun die Stelle am Arm. Da wuchsen tatsächlich etwa hundert Hanfpflanzen, der größte Teil davon in voller Blüte! Er stand noch mit offenem Mund da, als ihn Judith unsanft anstupste. „He, nicht träumen! Die restlichen Pflanzen wollen auch noch Wasser haben."

Hansi starrte sie an, als sähe er sie zum ersten Mal. „Aber...aber... das da - das sind Hanfpflanzen! Unmengen von Hanfpflanzen! Was meinst du, was das Hasch auf dem Schwarzmarkt wert ist?"

Judith sah in abschätzig an. „Auf jeden Fall ist dein Leben keinen Pfifferling mehr wert, wenn du dich daran vergreifst."

Sie seufzte und ließ sich auf dem Strohballen

nieder, den sie eigentlich öffnen und unter den Pflanzen hatte verteilen wollen.

„Weißt du, Bodo ist ein Drache und die sind normalerweise ziemlich gefährlich. Selbst Hausdrachen, oder gerade die, ich verwechsel das manchmal; naja, egal. Jedenfalls bekommt Bodo jeden Morgen eine Hanfblüte, frisch oder getrocknet, je nach Jahreszeit. Dann ist er gut drauf und gehorcht sogar, zumindest Frau Hag. Deshalb sind es so viele Pflanzen, damit auch ganz sicher immer genügend Blüten für Bodo vorhanden sind. Wir schauen immer, dass die Pflanzen gut dastehen, so dass sie regelmäßig und reichlich blühen. Unser Vorteil der Geschichte ist der, dass die Feen hin und wieder ein paar der getrockneten Blüten zermahlen, wenn klar ist, dass mehr als der Jahresvorrat für Bodo vorhanden ist. Diese spezielle Mischung landet dann im Teig für die Kekse, die in der Eingangshalle liegen. Die sind allerdings nicht jedesmal mit dieser besonderen Zutat versetzt, aber zumindest hin und wieder.“

Gretel war nun auch hinzugekommen, um Judiths Erzählung mitzuhören.

„Du willst uns also echt erzählen, dass es hier Haschkekse gibt?“, fragte Hansi ungläubig nach.

Judith amüsierte sich über die erstaunten Gesichter der Geschwister. Dann wurde sie ernst. „Wir Jugendliche haben hier alle ein Drogenproblem. Ich habe zum Beispiel über Monate hinweg Crystal

Meth genommen. Nach dem Entzug in der Klinik bin ich dann hierher gekommen.

Obwohl ich weiß, dass Drogen, insbesondere Meth, alles andere als gesundheitsförderlich sind, hätte ich zu Anfang sofort wieder zugegriffen, wenn mir jemand etwas angeboten hätte. Ich war ziemlich down und manchmal so verzweifelt, dass ich mich am liebsten umgebracht hätte. Wenn es dann Haschkekse gab, war ich wieder besser drauf.

Natürlich ist Hasch auch eine illegale Droge, aber nicht so zerstörerisch wie Crystal Meth. Hier hilft sie, uns hin und wieder etwas wohler zu fühlen. Deshalb lassen die Behörden das wohl auch zu, denke ich. Aber vielleicht weiß ja da draußen auch gar niemand davon." Sie zuckte gleichgültig mit den Schultern. „Jedenfalls wurde das Gewächshaus noch nie von jemandem außerhalb des Heimes kontrolliert. Ist mir auch ziemlich egal. Inzwischen habe ich gar kein Verlangen mehr nach harten Drogen und ich kann die Hanfpflanzen pflegen, ohne in Versuchung zu geraten, davon naschen zu wollen."

Ihre Miene hellte sich plötzlich auf. „Wahrscheinlich darf ich bald nach Hause, dann will ich eine Lehre als Landschaftsgärtnerin machen. Dass ihr beiden hier arbeiten dürft, ist ein großer Beweis des Vertrauens, das in euch gesetzt wird. Missbraucht das Vertrauen nicht und ihr werdet hier eine gute Zeit haben und dürft dann sicher auch bald wieder nach Hause."

Judith stand auf und machte sich wieder an die Arbeit. Die Geschwister sahen sich ratlos an.

„Okay, meine Lieben, das war genug Pause für den Moment", hörten sie eine der beiden Feen händeklatschend aus dem Hintergrund. „An die Arbeit, die macht sich nämlich nicht von alleine. Oder soll ich mit Frau Hag reden, dass ihr lieber die Toiletten putzt?"

Hansi warf noch seufzend einen sehnsüchtigen Blick auf die blühenden Hanfpflanzen, dann widmeten sich die Jugendlichen wieder ihren zugeteilten Aufgaben.

Kapitel 6

Nach dem Abendessen - es gab Bohneneintopf mit Sauerteig-Roggenbrot - schlurfte Hansi mehr auf sein Zimmer, als dass er ging. Die ungewohnte körperliche Tätigkeit hatte ihn ziemlich geschafft. Ihm taten sämtliche Muskeln und Gelenke weh. Sein Zimmergenosse Kevin sah ihn mitleidig an. „Gartenarbeit bist du offensichtlich nicht gewohnt. Wohnt ihr in einem Hochhaus?"

Hansi schüttelte den Kopf. „Nee, aber Daheim macht das unsere Mutter, da brauchen wir nicht zu helfen. Sag mal, müssen wir hier eigentlich ständig arbeiten?"

Der Angesprochene grinste: „Nö, nachts nicht. Tagsüber schon, selbst sonntags den halben Tag. Frei haben wir nur für die Zeit mit der Psychotante." Er verdrehte die Augen. „Das ist manchmal so ätzend mit der, dass ich lieber arbeiten würde. Aber man gewöhnt sich daran. Das Gute ist, dass wir beschäftigt sind und nicht so viel Zeit haben, über Drogen nachzudenken. Aber bei den meisten kreisen die Gedanken dann schon genau darum - und um Weiber.

Manchmal stelle ich mir vor, ich wäre stinkereich, liege dann irgendwo am Strand, einen Cocktail in der

Hand, ein hübsches Mädel im Arm und ein Butler reicht mir ein Tablett mit einer Line Koks."

Sein Grinsen wurde breiter. „Gut, o.k., schon wieder Drogen. Und ich plapper mal wieder in einer Tour. Ist ein Fehler von mir. Ruhig werde ich eigentlich nur mit ein wenig Dope, aber das gibt's hier ja nicht. Von ein paar Haschkeksen hin und wieder abgesehen. Hat dir schon jemand gesagt, dass es sich lohnt, von den Keksen zu probieren, die in der Eingangshalle liegen? Nicht, dass du die Besonderen verpasst. Sagen wird's dir keiner, man merkt dann nur, dass alle Kekse immer ziemlich schnell weg sind."

Während Kevin am geöffneten Fenster stand und hinaus starrte, holte Hansi das Päckchen Koks hervor, das er am Abend vorher unter der Matratze deponiert hatte. Jetzt war er froh, dass es bei seinem Fluchtversuch zurückgeblieben war. Wenn der Dauerredner in seinem Zimmer mit einer Line ruhig zu stellen war, war ihm das diese Investition wert. Er selbst würde dann auch ruhiger werden. Manchmal war man ja sogar mit kleinen Dingen zufrieden. Daran, dass der Stoff eher das Gegenteil bewirken würde, dachte er in diesem Moment nicht.

„Hey Kev!"

Der Angesprochene drehte sich um und bekam große Augen, als er das kleine Päckchen in Hansis Hand sah.

„Ist das etwa das, wofür ich es halte?"

Hansi nickte nur.

„Ey Mann, wo hast du denn den Schnee her?"

Gleichermaßen begeistert wie gierig sah ihn Kevin an.

Hansi musste grinsen: „Von einem Ort, wo die Sonne niemals hinscheint."

Sofort verschwand der gierige Ausdruck aus Kevins Gesicht und machte einem leicht angewiderten Platz.

„Äh - das ist jetzt aber nicht dein Ernst, oder? Hattest du das Päckchen verschluckt und jetzt ausgeschissen oder nur in die Arschritze geklemmt?"

Hansis Grinsen wurde noch breiter, seine Mundwinkel zuckten. Schließlich musste er so sehr lachen, dass er sich den Bauch hielt, während ihm Tränen über die Wangen liefen.

Kevin starrte ihn nur entgeistert an: „Was war denn jetzt daran so dermaßen komisch?"

Als sich Hansi endlich von diesem Koller erholt hatte, atmete er tief durch, um Kevin grinsend „Du Blödi!" an den Kopf zu werfen. „Nein, Mann! Ich hatte das Päckchen unter der Matratze versteckt."

Kevin atmete hörbar auf. „Puh, ich dachte schon.... Na, egal. Lass mal was davon rüberwachsen."

Theatralisch öffnete Hansi die Hand, in der sich der kleine Plastikbeutel befand.

„Oh, Backpulver", hörten die jungen Männer eine

bekannte helle Stimme durch das geöffnete Fenster.

Schneller, als die beiden reagieren konnten, war die Fee auch schon herangeflogen, nahm den Beutel mit beiden Händen rasch an sich und flog wieder ein Stückchen zurück, damit sie außer Reichweite war. Obwohl der Beutel fast ein Viertel so groß war wie Tinky, hob sie ihn mit Leichtigkeit an.

Hansi erholte sich von diesem Überraschungsangriff als Erster wieder. Hüpfend und mit den Armen fuchtelnd versuchte er, den Beutel zurückzuerlangen, während er das kleine Wesen angiftete: „He, der gehört mir, gib den sofort wieder her! Der ist ohnehin viel zu schwer für dich Winzling."

Tinky lachte amüsiert, während sie mitsamt Beutel in Richtung Decke flog.

„Komm schon, gibt ihn mir zurück, du bekommst auch was davon ab", versuchte es Hansi diesmal mit schmeichelnder Stimme, die einen deutlich flehenden Unterton hatte. Tinky schüttelte den Kopf und flog an der Decke entlang wieder Richtung Fenster.

„Du weißt, dass Drogen hier verboten sind. Also sei froh, dass ich das mitnehme und du deswegen auch keinen Ärger bekommst. Vielleicht verwenden Ali und ich das ja tatsächlich mal als Backpulver - dann bekommst du einen Teil zurück."

Kichernd flog die Fee mitsamt dem Koks aus dem Fenster hinaus und hinterließ zwei frustrierte

Jugendliche.

Kapitel 7

Der erzwungene Verzicht auf Drogen machte vor allem Hansi wirklich zu schaffen. Ihm war, als hätten es alle nur darauf abgesehen, ihm das Leben so schwer wie möglich zu machen. Und die von Judith und Kevin erwähnten Haschkekse hatte es bislang auch nicht gegeben. Hansi war geneigt, diese Geschichte als Falschmeldung abzutun.

Am nächsten Tag lagen einmal mehr Kekse in der Eingangshalle. Zur Überraschung von Hansi und Gretel waren sie diesmal tatsächlich mit einer Spur Haschisch versetzt. Allerdings bemerkten die Geschwister das erst, als schon fast alle weg waren, so dass für jeden nur ein einzelner Keks übrig blieb. In den Augen der beiden viel zu wenig, um wirklich abschalten zu können. Für die anderen Hausbewohner war die Dosierung offensichtlich ausreichend, sie waren schon seit dem Frühstück glücklich und beschwingt. Wer weiß, wie viele der Kekse jeder einzelne da schon verzehrt hatte. Auch bei Gretel machte sich eine leichte Stimmungsaufhellung bemerkbar, nur Hansi blieb den ganzen Tag über brummig. Genau genommen war er sogar noch brummiger als sonst, weil er neidisch auf die anderen war, die sich an so kleinen Mengen Dope berauschen konnten. Er stellte es sich selbst gegenüber natürlich so dar, dass es ihn nervte, dass alle so taten, als würden die paar Krümel Cannabis etwas an ihrer Stimmung ändern. Dass sich sogar seine eigene Schwester mitreißen ließ, frustrierte ihn noch mehr.

Es trug auch keinen Deut zur Besserung bei, dass er und Gretel an diesem Nachmittag jeweils einen Termin bei der Psychologin hatten. Diese war recht jung, sah mit der dicken Hornbrille, den nach hinten gegelten, kurzen Haaren und ihren adretten Business-Klamotten aber deutlich älter aus. Das Gespräch drehte sich um den Drogenkonsum der Geschwister, die diesen natürlich nach Kräften verharmlosten. Eine Abhängigkeit stritten sie rundweg ab.

Nach den Gesprächen war die Therapeutin nicht minder frustriert als die Geschwister. Sie war heilfroh, dass sie sich erst wieder in ein paar Tagen mit ihnen beschäftigen musste.

Die anderen Jugendlichen hingegen waren an diesem Abend immer noch sehr ausgelassen. Aus den Lautsprecherboxen im Wohnzimmer dröhnte Musik, einige tanzten oder bewegten sich zumindest mehr oder weniger gekonnt im Rhythmus, andere spielten Karten oder Gesellschaftsspiele.

Nur Hansi saß missmutig in der Ecke und sah dem Treiben betont gelangweilt zu. Als seine Schwester ihn zum Tanz aufforderte, brummte er nur missmutig, worauf sie ihn in Ruhe ließ und mit Kevin tanzte. Er hatte zwar gesagt, dass er seine Ruhe wolle, aber dann tatsächlich unbeachtet in der Ecke zu sitzen tat doch stärker in der Seele weh, als er sich eingestehen wollte.

Irgendwann kamen auch die Feen ins Wohnzimmer und tanzten mit, und selbst Bodo streckte seinen Kopf durch die Terrassentür und wiegte diesen leicht im Takt hin und her.

Fieberhaft überlegte Hansi, wie er diesen Verrückten entkommen konnte. Nicht nur kurzfristig, indem er auf sein Zimmer ging, sondern endgültig. Wütend dachte er darüber nach, ob er nicht alleine abhauen sollte. Seine Schwester amüsierte sich hier ja offensichtlich sehr gut. Wenn sie das so wollte, konnte sie ja bleiben. Er war versucht, auf sein Zimmer zu gehen, den Koffer zu packen und einfach zur Tür hinaus zu marschieren. Nur der Anblick von Bodo hinderte ihn daran. Er hatte das unbestimmte Gefühl, dass der Drache jedes Mal zu ihm herüberblickte, wenn er intensiv an Flucht dachte. Vielleicht gaukelte ihm sein schlechtes Gewissen auch nur etwas vor, aber er war sich einfach nicht sicher, ob diese Riesenechse wirklich durch die Party im Wohnzimmer weit genug abgelenkt war, dass ihm die Flucht gelingen konnte. Auf einen weiteren fruchtlosen Versuch, von hier wegzukommen, hatte er dann doch keine Lust.

Am nächsten Morgen stand Hansi so missmutig auf, wie er zu Bett gegangen war. Kevin versuchte zwar, ihn aufzuheitern, nach dem dritten Anraunzer ließ er es aber bleiben und wandte sich verärgert ab. Als dann auch noch Gretel, Arm in Arm mit Judith, gut gelaunt erschien und sogar über deren Witze lachte, sackte Hansis Stimmung deutlich unter den Nullpunkt. Er war sogar zu frustriert, um sich an diesem Tag über das allmorgendliche Müsli zu beschweren. Dass ihn Paula amüsiert anlächelte, machte ihn zusätzlich wütend. Wie konnte es dieses kleine Biest nur wagen, sich über ihn lustig zu machen!

Nach dem Frühstück machten sich Gretel und Judith zusammen mit Hansi wieder auf den Weg zum Gewächshaus. Kaum waren sie zur Tür hinaus, blieb Gretel stehen. Sie ließ Judith einige Meter vorausgehen.

Gretel drehte sich zu ihrem Bruder um: „Was ist denn bloß los mit dir? Gestern, als alle gefeiert haben, hattest du schon schlechte Laune, und heute ist es noch schlimmer."

Während sie erfolglos auf eine Antwort wartete, setzten sich die Geschwister wieder in Bewegung.

Gretel fuhr fort: „Klar, ich würde mir jetzt auch gern eine Line reinziehen, gemütlich chillen und einfach mal abwarten, wie der Tag wird. Wenn er schlecht wird, einfach nochmals was einwerfen - aber wir sind jetzt nun mal hier. Dann sollten wir das Beste daraus machen. So wie Judith gesagt hat, dürfen wir wohl gehen, wenn wir uns einige Zeit ruhig verhalten haben. Also: je besser wir uns anpassen, desto schneller können wir wieder unser altes Leben haben."

Hansi sah seine Schwester geringschätzig an. „Du glaubst wirklich, die alte Hexe lässt uns jemals wieder gehen? Dann könnten wir ja überall 'rumerzählen, dass hier Feen und ein Drache leben und dass es hin und wieder Haschkekse gibt. Würde bei den Sozialbehörden, oder wie das heißt, wahrscheinlich nicht so gut ankommen. Ich glaube, die behält uns hier, damit wir ihr schön den Haushalt führen!"

Gretel schüttelte energisch den Kopf. „Das ist doch totaler Blödsinn! Wenn wir da draußen anfangen, von Feen und Drachen herumzuerzählen, stopfen die uns doch sofort in die Geschlossene. Spätestens, wenn wir achtzehn sind, muss sie uns gehen lassen. Hör auf, herumzuspinnen!"

Sie sah ihn ernst an. Doch als ihre Worte bei ihm nicht anzukommen schienen, zuckte sie ratlos die Schultern. Sie beschleunigte ihren Schritt, bis sie zu Judith aufgeschlossen hatte.

Der Vormittag verlief recht ereignislos. Hansi hatte allerdings den Eindruck, dass die beiden Feen ihn noch mehr herum scheuchten als sonst. Kaum stand er mal für zwei Minuten still, um sich etwas auszuruhen, war auch schon eine der beiden kleinen Frauen da und wiesen ihn entweder darauf hin, was noch alles zu tun war oder gaben ihm gleich eine neue Aufgabe. Innerlich regte er sich fürchterlich auf, versuchte aber, sich nichts anmerken zu lassen. Er fühlte sich gehetzt und überfordert. Frustriert fragte er sich, wie es ihm so möglich sein sollte, sich anzupassen.

Als es schließlich Mittagessen gab, wieder einmal Brennnesselgemüse mit Kartoffeln, platzte ihm dann der Kragen: ständig diese schwere Arbeit und dann gab es hier nicht einmal mal was Ordentliches zu essen. Immer nur diesen furchtbaren Ökofraß! Er war allerdings viel zu hungrig, um nicht zuzugreifen, was ihn fast noch mehr ärgerte.

Nach dem Mittagessen ging es erneut ins Gewächshaus. Unwillig schimpfte er in Gedanken: 'Warum müssen wir hier eigentlich alles von Hand gießen? Mit einer Bewässerungsanlage wäre das doch viel gleichmäßiger und schneller erledigt'.
Als er gerade im hinteren Bereich des Gewächshauses damit beschäftigt war, den

Bohnenranken Wasser zu geben, näherte sich Ali und sprach mit ihrer vertraut hellen Stimme zu ihm: „Ich sehe, dass du heute ziemlich wütend bist, was auch immer der Grund dafür sein mag. Trotzdem solltest du versuchen, die Pflanzen gleichmäßig zu gießen und nicht die einen zu ersäufen und die anderen trocken zu lassen."

Mit finsterem Blick drehte sich der Jugendliche zu Ali um. „Pah! Mach's doch selbst, wenn du alles besser kannst!"

Die Fee zuckte nur gleichmütig die zierlichen Schultern. „Eben, ich kann es schon, du musst es noch lernen. Deshalb sage ich dir, wie du es machen musst. Wie sollst du sonst wissen, wie es richtig ist? Streng dich halt ein bisschen an, dann muss ich dich auch nicht so oft korrigieren. ... und jetzt mach da weiter!"

Die Fee deutete auf ein paar Bohnenstöcke, die noch kein Wasser bekommen hatten, dann flatterte sie davon.

Wütend schleuderte Hansi die Gießkanne von sich. Wie konnte es diese halbe - ach was, höchstens achtel Portion! - wagen, so mit ihm zu reden! Er brauchte jetzt wirklich ein wenig Schnee oder was in der Art, sonst würde er noch etwas zertrümmern. In Gedanken stellte er sich schon vor, wie verschiedene Scheiben des Gewächshauses unter seinen wütenden Faustschlägen zu Bruch gingen - dann blieb sein Blick an den blühenden Hanfpflanzen hängen.

Drachenfutter - HA! Von wegen! Wenn es hier schon nichts anderes gab, dann würde er sich eben daran bedienen. Und zwar so richtig, nicht nur ein bisschen, wie am Abend zuvor bei den Keksen.

Er sah sich kurz sichernd um, dann ging er zielstrebig darauf zu und zupfte eine der Blüten ab. Kurz wog er sie in seiner Hand, dann steckte er sie sich vollständig in den Mund; nicht, dass noch eine der Feen kam und sie ihm stahl. Langsam und genussvoll kaute er die Blüte, bevor er sie hinunterschluckte. Er schloss die Augen und spürte dem Gefühl nach, das sich jetzt einstellen würde. Er wartete und fühlte - nichts! Aber wie konnte das sein? Sollte er noch eine versuchen?

Er betrachtete die Pflanzen skeptisch. Marihuana wurde doch aus den Blüten gewonnen, oder? Er hatte sich immer nur mit dem Konsum von allerlei Drogen beschäftigt, über deren Herstellung hatte er sich bisher wenig oder auch gar keine Gedanken gemacht. War eine Blüte vielleicht einfach zu schwach? Auf der anderen Seite reichte angeblich der Riesenechse eine pro Tag. Ob der Drache wohl empfindlicher reagierte und daher mit weniger auskam? Hatte er womöglich eine wirkstofffreie Blüte erwischt - gab es das überhaupt? Wie sollte er dann die richtigen erkennen?

Hansi stand etwas ratlos vor den Pflanzen. Gerade als er zaghaft die Hand hob, um eine weitere Blüte abzuzupfen, hörte er Tinkys ungewohnt energische Stimme hinter sich: „Ja, sag mal, du weißt doch, dass das verboten ist, oder?"

Die Fee war plötzlich neben ihm. Verdammt, wie schnell konnten die sich eigentlich bewegen? Er erstarrte vor Schreck und schlechtem Gewissen, das vor allem seiner Angst vor einer Strafe entsprang.

„Bei der ersten hätte ich ja noch ein Auge zugedrückt. Die Pflanzen gedeihen gerade prächtig und da wäre eine Blüte zu verschmerzen gewesen. Aber wenn du nicht genug bekommen kannst, kriegst du jetzt eben Ärger."

In ihrer Stimme lag nun ein äußerst unangenehmes Klirren, nahe dem Geräusch, das kratzende Fingernägel auf einer Schiefertafel verursachen. Mit angsterfüllten Augen drehte sich der Junge langsam zu der Fee um, die mit verschränkten Armen ungefähr auf seiner Gesichtshöhe flatterte und ihn böse ansah. Ihren kleinen Körper umspielten seltsame Lichter in Dunkelrot, was die Fee irgendwie unheimlich aussehen ließ. Hansi unterdrückte seine aufkeimende Furcht und versuchte, mit schmeichelnder, aber dennoch unsicherer Stimme, die kleine Frau zu besänftigen:

„Die Blüte wirkt ja gar nicht. Ist doch gut, dass ich gerade die erwischt habe. Was wäre denn passiert, wenn Bodo eine unwirksame Blüte bekommen hätte? Ich hab also eher allen einen Gefallen getan. Da kannst du mich doch jetzt nicht bestrafen wollen?"

Er sah treuherzig zu Tinky. Allerdings schienen seine Worte eher das Gegenteil zu bewirken. Die dunkelroten Lichterscheinungen schimmerten noch unheilvoller, dass er das Gefühl hatte, er würde in Atemnot geraten, wenn er sie noch länger ansah.

Tinky fauchte ihn an: „Du bist echt so ein Volltrottel! Wirfst massenhaft Drogen ein und hast dennoch keine Ahnung von der Materie! Sonst hättest du gewusst, dass es mindestens eine halbe Stunde braucht, bis die Wirkung der Blüte einsetzt." Die Fäuste in die Hüften gestützt schrie sie wütend: „Wirkungsfreie Blüten haben wir hier nicht!"

Sie machte eine kurze Pause, in der sie die Lichtschlieren mit reiner Willenskraft näher zu dem Jungen hin schob. Sie wusste, wie unangenehm dieses Licht auf Menschen wirkte - eine Strafe hatte sich der Kerl allerdings auch verdient. In scharfem Ton, der keinen Widerspruch zuließ, wies sie ihn an: „Du gehst jetzt direkt zu Frau Hag. Sie wird dir eine andere Arbeit zuweisen. Hier im Gewächshaus wirst du nicht mehr arbeiten. Jedenfalls solange nicht, bis wir dir ganz sicher vertrauen können. Im Moment jedoch hast du unser Vertrauen verspielt. Also mach 'nen Abgang, und zwar sofort!"

Sie ließ ihre Zornesflammen noch ein wenig schneller tanzen, aber Hansi hatte so schon genug Angst und flüchtete eher, als dass er ging. Er hörte gerade noch, wie ihm Tinky hinterher brüllte: „Du meldest dich sofort bei Frau Hag, sonst lernst du mich richtig kennen!"

Ohne sich nochmals umzudrehen, beschleunigte er seinen Schritt, um so schnell wie möglich aus diesem gruseligen Gewächshaus herauszukommen.

Kaum im Freien, lief er geradewegs in Bodo hinein. Der Drache beäugte ihn erst misstrauisch, bevor er anfing, an Hansi zu schnuppern, insbesondere im Bereich des Mundes. Vorsichtshalber blieb der Junge mit wild klopfendem Herzen einfach regungslos stehen. Wer wusste schon, wie die Echse reagieren würde, wenn er sich jetzt hektisch bewegte.

Es war ein seltsames Gefühl, den Drachen so nahe vor sich zu haben und den schlechten Atem nicht nur zu riechen, sondern auch im Gesicht zu spüren. Als das Schuppentier keine Anstalten machte, damit aufzuhören, wurde der Junge schließlich doch unruhig. Nervös versuchte er es mit Freundlichkeit: „Hey Bodo, ich hab' jetzt leider keine Zeit zum Spielen, ich muss dringend zu Frau Hag. Lässt du mich durch, ja?"

Vorsichtig hob er einen Fuß. Vielleicht würde ihn der Drache ja vorbei lassen, wenn er einfach vorwärtsging. Bisher war die Echse immer recht friedlich gewesen, auch wenn sie Hansi dennoch unheimlich war.

Bevor er den Fuß wieder abgesetzt hatte, schleckte ihm Bodo mit seiner langen, rauen Zunge quer über das Gesicht. „Igitt!" Gleichermaßen erschrocken wie angeekelt verharrte Hansi mitten im Schritt. Er musste sich mit ganzer Kraft darauf konzentrieren, den Brechreiz zu unterdrücken. Was sollte er jetzt nur tun? Er wollte keinen zusätzlichen Ärger, weil er nicht schnell genug bei der Heimleiterin war - vor allem, wenn er nichts dafür konnte.

Langsam stieg Wut über den Drachen in ihm auf. Das Biest machte doch nichts als Ärger. Erst hinderte er ihn an der Flucht und jetzt verhalf er ihm zu noch mehr Ärger, als er ohnehin schon hatte. Nachdem er einige Zeit reglos da gestanden hatte, gewann seine Wut die Oberhand über die Angst, so dass er entschlossen einen Schritt nach vorne wagte. Bodo ging sogar ein klein wenig zur Seite, um ihm Platz zu machen, blieb jedoch weiterhin direkt neben ihm stehen.

Hansi machte zwei weitere Schritte. Der Drache machte einen seitlichen Schritt und war wieder mit ihm auf gleicher Höhe. Misstrauisch sah Hansi sein Gegenüber an. Dieser verzog die Schnauze zu einem Grinsen, jedenfalls interpretierte Hansi dies so, bevor er dem Jungen erneut über das Gesicht leckte. „Baaah!" brüllte Hansi und erstarrte wieder. Dann spurtete er los, so schnell ihn seine Beine trugen. Er stoppte erst, als er am Haus angekommen war.

Schnell zog er die Tür gerade so weit auf, dass nur

er hindurchhuschen konnte und schlug sie dem Drachen, der zwischenzeitlich aufgeholt hatte, vor der Schnauze zu.

Um Atem ringend stemmte sich Hansi von innen gegen die Tür und wischte sich mit der Armbeuge Bodos flächendeckende Liebkosung vom Gesicht. Von außen hörte er noch ein kurzes Winseln. Er schüttelte den Kopf.

Als er sich nach ein paar Minuten, in dieser Position verharrend, einigermaßen erholt hatte, wandte er sich der Tür von Frau Hags Räumen zu. Zaghaft klopfte er an.

Was sollte er der alten Schachtel sagen? Die Wahrheit? - wohl eher nicht; jedenfalls nicht vollständig. Das würde sie schon rauskriegen, wenn die Fee mit ihr sprechen würde. Er würde wohl improvisieren und alles etwas beschönigen müssen.

Weiter kam er nicht mit seinen Überlegungen, da er bereits hereingebeten wurde.

Kapitel 8

Forscher, als ihm zumute war, öffnete er die Tür. Der Raum dahinter war kleiner als vermutet. Auf dem Zimmerboden war ein Orientteppich ausgelegt, der vor langer Zeit bestimmt ziemlich teuer gewesen war, doch nun an manchen Stellen schon sehr abgewetzt und beansprucht aussah und seine Farbintensität deutlich eingebüßt hatte. Auch dieser war konsequenterweise in Grüntönen gehalten, was ganz offensichtlich die Lieblingsfarbe der Alten sein musste. Die Wand zur Linken wurde zur Hälfte von einem hölzernen Aktenschrank eingenommen, dessen Rolltüren halb geöffnet waren. Daneben ein Regal, üppig mit Grünpflanzen bestückt, angeleuchtet von zwei Pflanzenlampen.

Rechter Hand führte eine Treppe nach oben, ansonsten war diese Seite des Zimmers leer. Die Mitte des Raums markierte ein wuchtiger Schreibtisch aus Eichenholz, mit aufwendigen Schnitzereien verziert. Hier residierte Frau Hag.

Eine weitere Tür befand sich in der hinteren Wand des Zimmers, die jedoch geschlossen war.

Einen PC oder Ähnliches konnte er nicht entdecken. Vielmehr lagen auf dem Schreibtisch verschiedene Papiere und Stifte und - er traute seinen Augen kaum - eine Kristallkugel, gebettet auf ein kleines, grünes Samtkissen.

Die Lampe an der Decke, die wie eine altertümliche, auf elektrischen Betrieb umgebaute Gaslaterne aussah, warf bei mäßiger Helligkeit einen gelblichen Schimmer auf die Einrichtung. Ein Fenster gab es nicht. Der Raum wirkte auf unerklärliche Weise gemütlich und gleichzeitig abweisend.

Als Hansi noch halb im Türrahmen stand, bemerkte er, wie sich langsam ein wohliges, entspanntes Gefühl in ihm ausbreitete. Mist, ausgerechnet jetzt fing die Blüte wohl doch an, zu wirken. Hoffentlich benebelten ihn die Wirkstoffe nicht so sehr, dass er etwas Falsches sagen würde.

Er atmete tief ein, um halbwegs bei klarem Verstand zu bleiben, war sich aber nicht sicher, ob dies wirklich helfen mochte. Bei LSD oder Koks hätte er das besser einschätzen können.

Frau Hag sah den Jungen einige Momente lang ernst an.

„So, du konntest der Versuchung also nicht widerstehen."

Mit großen Augen starrte er die Heimleiterin an. Ihm lief ein kalter Schauer über den Rücken. Er hatte doch noch gar nichts gesagt. Woher wusste die Alte, was vorgefallen war? Hatten die Feen irgendwo ein funktionierendes Puppentelefon oder hatte sie das etwa in der Glaskugel gesehen? Gleich darauf schalt er sich einen Narren. Das war dann wohl die Wirkung der verspeisten Hanfblüte: 'In der Glaskugel gesehen', so ein Quatsch! Beinahe hätte er darüber angefangen, zu grinsen, wurde aber sofort wieder von der - wenn auch etwas wattierten - Realität eingeholt.

Frau Hag ließ ihm den Moment der Überraschung, bevor sie fortfuhr. „Sehr schade. Nun gut. Ab sofort wirst du die Toiletten und Badezimmer des Hauses putzen, sowie nach den Mahlzeiten das Geschirr spülen. Ich werde das persönlich überwachen. Solltest Du nicht sauber arbeiten, wirst du das so lange wiederholen, bis ich damit zufrieden bin - und wenn du dafür die halbe Nacht benötigst. Aufstehen wirst du dennoch wie gewohnt. Marissa, die diese Arbeiten bis jetzt erledigt, wird dich heute und morgen einweisen. Ihr wird dann eine andere Aufgabe zugewiesen und du machst den Reinigungsdienst alleine. Hast du das verstanden?"
Leicht benommen nickte Hansi. Wie sollte er sich denn auch aus der Geschichte herausreden können, wenn ihm die Alte einfach die Tatsachen um die Ohren knallte und ihn noch nicht einmal befragte?

Frau Hag stand auf, ging um den Schreibtisch herum und an Hansi vorbei zum Zimmer hinaus.
„Marissa ist auf dem Weg zur Jungentoilette im zweiten Stock. Sie wird wirklich froh sein, wenn sie

das nicht mehr machen muss."

Auf dem Weg durch die Eingangshalle und die Treppe hinauf machte sie sich nicht die Mühe, sich nochmals nach Hansi umzudrehen, der ihr wie bedröppelt folgte.

Erst als sie im zweiten Stock angekommen waren, drehte sie sich dann doch noch zu ihm um: „Ach ja, ich würde an deiner Stelle heute und morgen im Haus bleiben. Bodo kann den Geruch der Hanfblüte an dir riechen, auch morgen noch. Da er diese Duftnote über alles liebt, wird er dir außerhalb des Hauses nicht von der Seite weichen und dich immer wieder ablecken."

Nach einer kurzen Kunstpause fuhr sie mit einem amüsierten Unterton in der Stimme fort: „Zweimal Gesicht abschlecken sollte dir eigentlich fürs Erste reichen - außer du stehst auf so etwas."

Hansi blieb der Mund offen stehen. Woher wusste sie das jetzt schon wieder? Er hatte jedoch keine Zeit, sich hierüber weiter Gedanken zu machen, da sie bei der Jungentoilette angekommen waren.

Nach ein paar erklärenden Worten von Frau Hag drückte ihm Marissa mit einem glücklichen Grinsen einen Wassereimer und einen Putzlappen in die Hand. Mechanisch griff der Junge danach, ohne im ersten Moment wirklich zu verstehen, wie ihm geschah. Die Worte der Heimleiterin hatten ihn viel zu sehr aufgewühlt.

Marissa ging ohne Verzögerung gleich dazu über, ihm genau zu erklären, was er wie putzen musste. Mit Frau Hag als Aufpasserin bemühte er sich redlich, Marissas Anweisungen nachzukommen.

Nachdem die Toilette geputzt war, verließ Frau Hag die beiden Jugendlichen mit den Worten „Ich behalte euch im Auge!"

Die beiden gingen als nächstes ins Badezimmer der Jungs. Dort angekommen betrachtete Marissa zuerst ihren grell pinkfarbenen Irokesenschnitt im Badezimmerspiegel. Entschlossen griff sie zu der nächstbesten Tube Haargel, die ihr in die Finger kam und richtete sich die Haare, während sie Hansi erklärte, was er hier zu tun hatte.

Er starrte sie einen Moment entgeistert an. Das konnte ja jetzt wohl echt nicht wahr sein. Ihm Putzanweisungen geben wollen, aber selber nichts Wichtigeres im Kopf als die Haare zu stylen? Was glaubt die eigentlich, wer sie ist, diese Punk-Tussie? Zorn stieg in ihm auf. Doch dann kam ihm Frau Hag wieder ins Gedächtnis, so dass er sich lieber an die Arbeit machte, auch wenn er nur zu gerne erstmal seinem Ärger Luft gemacht hätte.

Er wollte sich lieber nicht ausmalen, was ihn erwartete, sollte Marissa der Alten stecken, dass er die Arbeit nicht richtig machte, dazu war die Hag, trotz ihrer Freundlichkeit, viel zu gruselig.

Nachdem Hansi das Badezimmer nach Anweisung von Marissa geputzt hatte, streckte sich diese genüsslich.

„So, wir haben jetzt Pause. Allerdings müssen wir nach dem Abendessen nochmals ran und das Geschirr spülen. Das heißt, du spülst und ich sag dir, was du falsch machst."

Bei diesen Worten kicherte sie schadenfroh. Hansi hatte daraufhin ganz spontan das Verlangen, ihr den nassen, dreckigen Putzlappen mit viel Schwung einfach ins Gesicht zu klatschen. Sie taxierte ihn langsam von oben bis unten.

„Schade, dass du so gar nicht mein Typ bist. Sonst könnten wir zusammen ein bisschen Spaß haben. Egal, ich geh ein Weilchen mit Bodo spielen. Kommst du mit?"

Hansi schüttelte den Kopf. „Lieber nicht. Das Vieh hat mich heute schon zwei Mal abgeschleckt. Ich weiß ja nicht, was der so alles frisst, aber nochmals brauche ich das wirklich nicht. Dafür stinkt er zu stark aus dem Maul."

Jetzt taxierte er das Mädchen. Sie hatte ihn zwar geärgert, aber sie sah gar nicht schlecht aus. Vielleicht konnten sie sich ja doch noch etwas zusammen amüsieren. Deshalb setzte er schnell hinzu: „Gut, auch wenn Bodo keinen Mundgeruch hätte, würde ich mich trotzdem lieber von dir ablecken lassen."

83

Schelmisch sah er das Mädchen an. Diese lachte jedoch nur. „Ah - haha!" und zeigte mit dem Finger auf ihn. „Jetzt weiß ich, warum du zum Putzen eingeteilt wurdest - du hast eine Hanfblüte genascht! Das erklärt natürlich auch deine riesen Glubscher. Na, dafür hast du aber einen erstaunlich klaren Eindruck gemacht. Die Hanfblüten hier haben es echt in sich. Normalerweise sieht man das ja nicht gleich an den Augen, aber bei denen..."

Hansi starrte Marissa entsetzt an, stürzte zum Spiegel und erschrak. Er hatte sich ja vorher noch nie selbst betrachtet, wenn er unter Strom stand. Seine Pupillen waren so stark geweitet, dass die Iris kaum noch vorhanden war. Verdammt, das war so eindeutig, dass alles Beschwichtigen und Lamentieren nichts half. 'Hoffentlich vergeht das schnell wieder', dachte er voller Sorge.

„Na, du scheinst ja einiges gewohnt zu sein. Mal sehen, wieviel du jetzt tatsächlich mitbekommen hast, oder ob ich dir morgen alles nochmal erklären muss. Ich geh dann mal. Wir sehen uns beim Abendessen!"

Sie winkte kurz und verschwand im Flur.

Nachdenklich setzte sich Hansi auf den Badewannenrand. Er musste unbedingt unter vier Augen mit seiner Schwester reden. Vielleicht hatte sie ja eine Idee, wie sie hier verschwinden konnten. Er würde jedenfalls nicht bis zu seinem achtzehnten

Geburtstag Klos putzen. Das wären ja noch zehn Monate! Nein - er musste vorher versuchen, dieses Irrenhaus zu verlassen.

Frau Hag und die Feen hatten sicher so eine Art Walkie-Talkie, deshalb hatte die Alte das mit der Blüte gewusst. Bodos Schleckattacke hatte sie wahrscheinlich von einem Fenster aus gesehen. Dass sie zu dem Zeitpunkt, als er das Zimmer betrat, an ihrem Schreibtisch in einem fensterlosen Raum saß, hieß ja nicht, dass sie sich dort schon die ganze Zeit aufhielt.

Es gab für alles eine natürliche Erklärung. Vielleicht sollte er tatsächlich versuchen, clean zu bleiben, bis die Flucht gelungen war. Aber das schien ja nun doch komplizierter zu sein, als es zuerst ausgesehen hatte. Auf der anderen Seite - an die Hanfblüten kam er nicht mehr heran und die besonderen Plätzchen gab es nicht oft. Durch die würde er sich wohl ohnehin nur etwas weniger unzufrieden fühlen. Richtig high wurde er von dem Bisschen nicht. An härteres Zeug kam er hier aber nicht dran, also brauchte er sich auch keine Gedanken darüber zu machen. Doch ohne Stoff war das hier kaum zu ertragen. Vielleicht fand er ja doch noch irgend etwas, vorzugsweise doch etwas Härteres.

Die Zeit bis zum Abendessen verbrachte er schließlich damit, seinen Koffer und seine Kleidung akribisch zu durchsuchen in der vagen Hoffnung, vielleicht doch noch irgendwo einen Rest Koks oder irgendeine Pille zu finden. Fieberhaft tastete er jedes Kleidungsstück ab, befühlte sogar die einzelnen Säume, wohl wissend, dass er dort nie etwas versteckt hatte. Auch beim Koffer suchte er nochmals jede noch so kleine Falte ab. Er entdeckte jedoch nur eine einzelne Schmerztablette. Um wenigstens das Gefühl zu bekommen, überhaupt etwas eingeworfen zu haben, spülte er diese mit ein wenig Wasser hinunter, obwohl er eigentlich keine Schmerzen hatte. Bald darauf war es auch schon Zeit, sich ins Esszimmer zu begeben. Er hoffte inständig, später ein paar vertrauliche Worte mit Gretel wechseln zu können.

Nach dem wie immer vegetarischen und höchst gesunden Abendessen hieß es für ihn, zuerst seinen Spüldienst zu verrichten, bevor er Gelegenheit haben würde, mit Gretel zu reden. Es hatte sich wohl schon herumgesprochen, was er sich heute geleistet hatte. Mehr oder weniger heimlich versuchten die anderen, ihm in die Augen zu sehen, was ihnen mitunter auch gelang, wie an unterdrückten amüsierten Lauten und Grinsen unschwer zu erkennen war.

Verärgert grübelte er: 'Ich hätte eine Sonnenbrille aufsetzen sollen. Aber das wäre ja noch eindeutiger gewesen. Egal, meine Augen würden sie dann jedenfalls nicht sehen können, damit würde mir auch das kindische Gegackere erspart bleiben. Blöderweise habe ich aber gar keine dabei'.

So versucht er wieder einmal, ihren Blicken auszuweichen, so gut es ging, indem er mit gesenktem Kopf, beinahe die Nasenspitze im Essen, stur auf seinen Teller starrte, als wolle er ihn hypnotisieren.

Als er sich einige Zeit später erschöpft und frustriert aus der Küche schleppte, war Gretel zu seinem Ärger in ein Gespräch mit Serena und Paula vertieft. Ein wenig abseits ließ er sich in einen freien Sessel fallen, um seine Schwester beobachten zu können. Dummerweise fielen ihm dabei die Augen zu und er döste weg. Die ungewohnt anstrengende Arbeit, zusammen mit der Hanfblüte, forderte ihren Tribut. Er wurde erst geweckt, als es Zeit war, zu Bett zu gehen.

Kapitel 9

Als Hansi am nächsten Morgen erwachte, kam ihm als erstes wieder in den Sinn, wie seine Augen am Tag zuvor ausgesehen hatten. Eilig schlug er die Bettdecke zur Seite. Er hastete zur Schranktür, auf deren Innenseite ein kleiner Spiegel angebracht war. Erleichtert stellte er nach eingehender Betrachtung fest, dass seine Pupillen wieder die normale Größe hatten, demnach wirkte die Blüte auch nicht anders als das Gras, das er früher hin und wieder geraucht hatte. Daraufhin musste er zügig wieder in sein Bett zurück, weil ihm durch das schnelle Aufstehen schwindelig geworden war.

Als nach einigen Minuten das Karussell endlich zum Stillstand kam, stand er vorsichtig wieder auf und startete in den Tag, der erneut mit Putzen und Spülen aufwartete. Glücklicherweise war Kevin schon vor ihm aufgestanden und aus dem Zimmer gegangen, sonst hätte diese doch etwas seltsam anmutende Aktion wieder neuen Gesprächsstoff und weiteres Gekichere auf seine Kosten geliefert.

Wenigstens war er an diesem Abend nicht mehr ganz so müde, so dass es ihm tatsächlich gelang, sich mit Blicken mit seiner Schwester zu verständigen.

Fünf Minuten später trafen sie sich in Gretels Zimmer. Serena war unten im Aufenthaltsraum bei den anderen. Endlich konnten sie ungestört miteinander reden. Glücklich über diesen Umstand wollte Hansi gerade dazu ansetzen, seine Schwester auf einen Fluchtplan anzusprechen, als sie ihn wütend anschnauzte: „Ja, sag mal, bist du denn jetzt völlig bescheuert? Wieso hast du die Blüte geschluckt? Bist du echt so wahnsinnig auf Entzug, dass du dich nicht mehr unter Kontrolle hast?"

Sie funkelte ihn zornig an und fuhr mit ihrer Tirade fort, noch bevor Hansi etwas entgegnen konnte: „Ich würde mir auch gerne mal wieder eine Line reinziehen und denke den ganzen Tag dran, wie viel einfacher alles wäre, wenn wir nicht hier wären oder wenigstens brauchbaren Stoff hätten. Wir sind aber nun mal hier und haben nichts. Was können wir also tun? Richtig - abhauen! Wie soll das aber gehen, wenn du der Hag durch dein Verhalten so unangenehm auffällst, dass du ihre verschärfte Aufmerksamkeit auf dich ziehst und dich zudem so abkapselst, dass du überhaupt nichts mitbekommst?"

Hansi sah seine Schwester fragend an. Die rollte mit den Augen.

„Mann, wie doof bist du eigentlich? Als alle bei der Party mitgemacht haben, hast du nur schmollend in der Ecke gesessen. Auch sonst unterhältst du dich nicht wirklich mit den anderen. Aber weißt du, alle sind hier, weil sie Drogen konsumiert haben und auf die eine oder andere Weise mit dem Gesetz in Konflikt geraten sind. Die meisten hier überlegen sich, wie sie an Drogen drankommen oder fliehen können. So gut wie jeder hat das auch schon mal versucht. Durch diese Geschichten weiß ich jetzt wenigstens, was nicht funktioniert. Darauf kann ich meine Pläne aufbauen.

Was für Fortschritte kannst du denn vorweisen?"

Hansi sah seine Schwester entgeistert an. So hatte sie noch nie mit ihm gesprochen. Bis jetzt war immer er derjenige gewesen, der die Führung übernommen hatte und Gretel hatte stets brav das gemacht, was er gesagt hatte. Er musste sich allerdings eingestehen, dass sie Recht hatte.

Zerknirscht wandte er sich ihr zu: „Okay, okay, das stimmt ja alles, was du sagst. Ich habe wirklich keine Ahnung, wie wir hier rauskommen können." Nach kurzer Pause ergänzte er: „Was schlägst du also vor?" Halblaut setzte er noch hinzu: „Und ich dachte schon, du hättest hier wirklich Spaß mit deinen neuen Freunden und willst gar nicht mehr weg."

Gretel schüttelte energisch den Kopf, dann zuckte sie in einer hilflos wirkenden Geste die Schultern. „Wie gesagt, ich mach nur mit, um nicht aufzufallen und die anderen auszuhorchen. Allerdings weiß ich bis jetzt nur, was nicht funktioniert. Aber dafür weiß ich sicher, dass ich versuchen werde, mich weiterhin unauffällig zu verhalten und mich mit den anderen anzufreunden.

Ich würde zwar auch lieber heute als morgen hier rauskommen, aber es wird vernünftiger sein, ein paar Tage länger zu warten und alles zu prüfen, als überstürzt einen weiteren Fluchtversuch zu wagen und erneut zu scheitern."

Hansi nickte. Dann nahm er seine Schwester in den Arm. „Erzähl mal, was du bisher alles in Erfahrung gebracht hast. Ich verspreche dir, ich werde mich jetzt auch an die Regeln halten und versuchen, mich ebenfalls mit den anderen anzufreunden und sie auszuhorchen."

Gretel nickte zufrieden. Sie erzählte, was ihr die anderen zu ihren jeweiligen Fluchtversuchen gesagt hatten. Während der Erzählung wurde Hansis Gesicht immer länger, als er nach und nach begriff, was bereits alles erfolglos versucht worden war. Selbst so verrückte Ideen, wie sich mit Pferdemist einzureiben, der normalerweise als Pflanzendünger genommen wird, um den Eigengeruch zu überdecken, waren versucht worden und fehlgeschlagen. Bodos Geruchssinn ließ sich auch damit nicht überlisten.

Nachdem Gretel geendet hatte, war er dann doch etwas blass. Er schluckte den Kloß hinunter, der sich in seinem Hals gebildet hatte.

„Sind wir hier in einem Jugendheim oder in einem Hochsicherheitstrakt?"

Seine Schwester zuckte die Schultern. „Die Frage habe ich mir auch schon gestellt. Irgendwie scheinen die alte Schachtel und der Drache immer genau zu wissen, wenn jemand die Biege machen will. Dann stehen sie plötzlich da. Jeder hat gesagt, dass er in dem Augenblick, in dem die Alte auftauchte, gar kein Interesse mehr an Flucht hatte, also für den Moment. Janina hat es als nahezu hypnotisch beschrieben. Sie hat erzählt, dass sie unbedingt fliehen wollte. Sie hatte sich fest vorgenommen, einfach an der Hag vorbeizugehen, wenn diese auftauchen sollte. Einfach links liegen lassen. Sie wollte es darauf ankommen lassen, dass die Alte handgreiflich würde, dann hätte sie sie wegen Körperverletzung angezeigt. Kaum war die Hag dann wirklich aufgetaucht, war das Verlangen, zu flüchten, wie weggeblasen und sie ist ihr lammfromm zurück ins Haus gefolgt. Irgendwie gespenstisch."

Gretel verstummte für einen Moment. Hansi sah sie nachdenklich an.

„Das heißt, das Haus zu verlassen ist einfach. Die Tür ist offen, niemand hindert einen körperlich am Verlassen des Gefängnisses hier. Aber sobald die Alte auftaucht, sind alle Fluchtpläne zunichte", nickte er bestätigend zu seinen eigenen Worten.

Ein Gedanke der Erkenntnis durchfuhr ihn. Mit geweiteten Augen sprach er leicht aufgebracht zu seiner Schwester: „Erinnere dich, Gretel. Das war ja bei uns auch so! Wir waren so froh darüber, wie weit wir schon gekommen waren und sind der Hag dann einfach so zurück gefolgt, als wollten wir gar nichts anderes. Ich hatte dies zu der Zeit auf unsere Angst vor Bodo zurückgeführt, doch wir hatten gar kein Interesse mehr, an dem Drachen vorbeizukommen. Wir trotteten hierher zurück und waren zufrieden."

Gretel nickte ebenfalls. „Stimmt, du hast Recht. Die Kunst, von hier wegzukommen, ist also nicht die, das Heim zu verlassen, sondern so unbemerkt zu verschwinden, dass man der Alten, und vor allem dem Drachen, nicht begegnet - wobei quer durch den Wald stampfen keine Lösung ist, wie mir Adrian sagte."

Bevor die beiden tatsächlich dazu kamen, konkrete Fluchtpläne auszuarbeiten, kam Serena ins Zimmer.

„Hi Leute. Boah, ich bin so fertig, ich will bloß noch schlafen. Könnt ihr vielleicht morgen weiterquatschen? Ich würde ja sagen, geht runter, aber in zehn Minuten werden wir eh alle ins Bett geschickt, das lohnt sich dann wohl nicht mehr wirklich."

Die Geschwister nickten sich zu. „Ist gut, wir reden dann morgen weiter. Gute Nacht, Hansi."

„Gute Nacht, Gretel. Dir auch eine gute Nacht, Serena."

Die Angesprochene winkte Hansi zu und zog ihren Schlafanzug unter dem Kissen hervor. Der Junge war einen Moment lang versucht, gleich nochmals unter einem Vorwand ins Zimmer zu kommen, um einen Blick auf die halbnackte Serena werfen zu können, wenn sie sich umzog, überlegte es sich dann aber anders. Er hatte schließlich seiner Schwester versprochen, sich brav zu verhalten, um ungestört Fluchtpläne schmieden zu können.

Er konnte aber nicht verhindern, dass er sich noch längere Zeit im Bett hin und her wälzte und sich vorstellte, wie Serena wohl halbnackt ausgesehen und auf ihn reagiert hätte.

Kapitel 10

Der darauffolgende Tag verlief ohne besondere Vorkommnisse. Gretel arbeitete im Gewächshaus, Hansi putzte und spülte, ohne zu murren. Abends setzten sie sich zu den anderen Heimbewohnern in den Aufenthaltsraum und spielten sogar gemeinsam mit Marissa und Jonas 'Mensch-ärgere-dich-nicht'.

Auch der nächste Tag begann scheinbar ereignislos. Hansi war gerade auf dem Weg zu den Toiletten, nachdem er den morgendlichen Spüldienst beendet hatte, als er plötzlich einen lauten Schrei vom Treppenhaus her hörte.

Er lief, so schnell er konnte, in die Eingangshalle. Dort sah er Paula mit schmerzverzerrtem Gesicht am Fuße der Treppe sitzen. Sie hielt sich den Arm, der aussah, als hätte er ein zusätzliches Gelenk.

„Paula, was ist passiert? Scheiße, sieht nicht gut aus, dein Arm. Wir brauchen sofort einen Krankenwagen für dich. Wo kann ich hier telefonieren? Mein Smartphone hat die Alte ja eingesackt."

Paula bemühte sich, tapfer zu sein, konnte aber nicht verhindern, dass ihr Tränen über das Gesicht liefen.

„Bin die ... Treppe runtergefallen ... blöd über die ... eigenen Füße ... gestolpert" brachte sie nur mühsam heraus. Bevor sie auf die Frage nach dem Telefon eingehen konnte, war Frau Hag mit großen Schritten bei den beiden Jugendlichen angekommen. Sie erfasste die Situation mit einem Blick.

„Danke, Hansi, dass du dich gleich um Paula gekümmert hast. Ab jetzt übernehme ich. Ich weiß, was weiter zu tun ist. Du gehst wieder nach oben und machst da weiter, wo du unterbrochen wurdest. Keine Widerrede!"

Dann wandte sie sich an Paula. „Kannst du aufstehen? Warte, ich helfe dir hoch." Sanft fasste die Frau das Mädchen unter den Armen und half ihr beim Aufstehen.

„Komm mit in mein Büro, da kann ich dir besser Erste Hilfe leisten."

Paula schenkte Hansi noch ein schmerzverzerrtes Lächeln unter Tränen, begleitet von einem dankenden Nicken, als sie mit der Heimleiterin in deren Büro ging.

Der Junge erkannte, dass er nichts weiter für Paula tun konnte, erinnerte sich an seine guten Vorsätze und ging die Treppe hoch um die Mädchentoilette zu putzen.

Zwei Stunden später staunte Hansi nicht schlecht, als er Paula sah, die vergnügt durchs Haus lief und dabei einen vollen Wäschekorb mit beiden Händen trug. Er kniff sich in den Arm, doch das Bild änderte sich nicht. Auch eine selbst zugefügte Ohrfeige brachte keine neue Sicht der Dinge. Er sah sich um - nur gut, dass niemand da war, der das jetzt wieder hätte sehen können. Neugierig, aber auch ein wenig verwirrt, ging er auf das Mädchen zu.

„Hey Paula. Sag mal, das vorhin habe ich mir doch nicht bloß eingebildet, oder? Ich hätte schwören können, dass dein Arm gebrochen war, so komisch, wie der abstand. Aber dem scheint es ja wieder ziemlich gut zu gehen."

Paula grinste ihn fröhlich an. „Yep, das stimmt, der war tatsächlich gebrochen, sogar an zwei Stellen. Aber es hat eben auch so seine Vorteile, wenn die Heimleiterin eine Hexe ist. Sie hat das einfach wieder zusammenwachsen lassen. Zuerst hat's noch ein bisserl wehgetan, aber sie hat mir einen der Spezialkekse gegeben, danach war der Schmerz wie weggeblasen. Jetzt ist der Arm wieder wie neu."

Hansi sah das Mädchen irritiert an. „Moment mal - hast du eben wirklich Hexe gesagt? Also, so richtig Hexe wie zaubern? Und die hat deinen gebrochenen Arm einfach wieder zusammengebastelt?"

Paula grinste noch breiter, musste sogar kurz lachen ob seiner Wortwahl. „Ja, natürlich! Na hör mal, dass die Hag eine Hexe ist, weiß hier doch jeder. Warum sollte sie den Knochen nicht wieder zusammenhexen können? Also echt, manchmal bist du wirklich komisch."

Sie grinste den Jungen nochmals an und ging dann fröhlich pfeifend ihres Wegs.

Hansi brauchte noch gute fünf Minuten, um seine Gedanken so weit zu ordnen, dass er sich wieder halbwegs aufmerksam an die Arbeit machen konnte. Eine Hexe! Na, das erklärte doch so einiges! Wahrscheinlich war die Kristallkugel auf ihrem Schreibtisch doch nicht bloß ein Briefbeschwerer, sondern tatsächlich so eine Wahrsagekugel, wie man sie aus alten Märchen kennt. Sozusagen eine Hexen-Webcam.

Hansi verlor mit einem Mal sämtliche Motivation, denn das machte den Fluchtplan noch ungeahnt komplizierter.

Er beschloss, alles noch an diesem Abend mit seiner Schwester zu besprechen. Vielleicht hatte sie ja eine Idee, wie man die Hexe so ablenken konnte, dass sie die Flucht nicht gleich bemerkte. Wenn sie erst mal bis zum Stadtrand gekommen waren, würde die Hag sicher nicht auf einem fliegenden Besen angeritten kommen, um sie zurückzubringen - hoffte er. Sicher war er sich jedoch allmählich bei gar nichts mehr.

Kapitel 11

Nach dem erneut sehr gesundheitsbewussten Abendessen zogen sich die Geschwister wieder in Gretels Zimmer zurück. Kaum hatten sie die Tür hinter sich geschlossen, erzählte Hansi von seinen neuesten Erlebnissen. Gretels Augen wurden immer größer, während sie ihrem Bruder lauschte. Kurzzeitig überlegte sie, ob er sie jetzt veräppeln wollte. Sie kannte ihn jedoch gut genug, um zu wissen, dass das Entsetzen und der Unglaube in seinem Gesicht nicht gespielt waren. Außerdem passte es zu den ungewöhnlichen Tatsachen, dass das Heimpersonal aus Feen und einem Drachen bestand, die Heimleiterin immer zu wissen schien, was man dachte und vor allem immer wusste, was man vor ihr eigentlich verheimlichen wollte.

Nachdem Hansi mit seinen Ausführungen fertig war, sahen sich die beiden einige Zeit unglücklich an, ohne dabei mehr als ein Seufzen von sich zu geben. Schließlich zog Gretel überlegend die Augenbrauen zusammen und brachte ihre Gedanken auf den Punkt: „Das ändert natürlich einiges. Vor allem macht das jeden Fluchtplan deutlich schwieriger."

Sie hob abwehrend die Hand, als ihr Bruder zu

einem Gegenargument ansetzen wollte.

„Ich sagte nicht unmöglich, nur deutlich schwieriger."

Hansi nickte resigniert.

Nach einer kurzen Pause fuhr Gretel fort: „Das will alles gut überlegt sein. Damit schwindet leider auch die Wahrscheinlichkeit, dass wir hier die nächsten ein oder zwei Tage rauskommen. Wenn wir aber noch eine Weile hierbleiben müssen, sollten wir uns überlegen, wie wir wenigstens an etwas Dope rankommen. Ich hab meinen Koffer schon zweimal durchsucht, also wirklich jede Ritze abgesucht, aber nichts gefunden. Ich nehme an, das ist bei dir genauso?"

Hansi sah seine Schwester verblüfft an. Wann hatte sie angefangen, das Kommando zu übernehmen? Bis jetzt war immer er der Held gewesen und sie das verwöhnte Prinzesschen, das gemacht hatte, was er sagte. Er hatte ihr gar nicht zugetraut, wirklich eigene Gedanken und Pläne zu haben. Vor allem war für das Pläneschmieden immer er zuständig gewesen. Er wusste nicht so richtig, ob er jetzt beleidigt sein sollte, dass sie so einfach das Zepter an sich gerissen hatte, oder ob er darüber froh sein sollte, dass er sich nicht mehr alles alleine überlegen musste. Schließlich überwog das Gefühl, seine Schwester richtig erzogen zu haben. Er fühlte einen gewissen Stolz wegen der Eigeninitiative, die sie zeigte. Außerdem gestand er sich ein, dass sie vollkommen Recht hatte. Er nickte.

„Ja, ich hab auch schon alles erfolglos durchsucht", gab er deshalb zu. „Ich habe mir schon überlegt, ob es möglich ist, unbemerkt die eine oder andere Hanfblüte abzuknipsen, oder unbemerkt Harz zu gewinnen. Ich schätze aber, die Möglichkeiten sind da äußerst eingeschränkt, weil die beiden kleinen Teufelsbiester ja im Gewächshaus wohnen. Und spätestens, wenn dir die überdimensionierte Echse über das Gesicht schlabbert, weiß ohnehin jeder, was Sache ist. Es wäre mir ja egal, wenn unsere Mitbewohner was merken, aber diesen ekelhaften Lappen brauch ich nicht nochmal auf meinem Gesicht. Die Zunge ist ja schon echt widerlich, aber dann noch der fürchterliche Gestank aus dem Maul dazu... Bäh, da will man sich anschließend am liebsten zwei Tage lang nur noch ununterbrochen die Visage schrubben."

Angewidert verzog Hansi das Gesicht und merkte vor lauter Selbstmitleid nicht, dass Gretel ein leichtes Grinsen nicht unterdrücken konnte. Sie bemühte sich aber redlich, ernst zu bleiben. Schließlich dachte sie daran, dass sie drogenmäßig völlig auf dem Trockenen saßen. Dieser Gedanke reichte, um augenblicklich wieder ernst zu werden.

Zwei Tage später stand wieder ein Teller mit Haschkeksen im Empfangsraum.

Diesmal bemerkten sie es so rechtzeitig, dass sich jeder der Geschwister zwei der besonderen Plätzchen sichern konnte. Ihre Laune hob sich auch gleich merklich, ebenso die der meisten anderen Bewohner. Hansi ließ sich an diesem Abend so sehr von der allgemeinen Hochstimmung anstecken, dass er im Aufenthaltsraum nach und nach mit allen Bewohnerinnen tanzte, sogar mit Frau Hag.

Gretel stelle amüsiert fest, dass dies ohne dieses spezielle Backwerk undenkbar gewesen wäre. Warum gab es die Dinger nur nicht öfter? Vielleicht wäre dann der Aufenthalt hier sogar erträglicher und die Fluchttendenz deutlich niedriger. Sie gestand sich allerdings ein, dass so ein bisschen Haschkeks keine Line Koks oder gar einen LSD-Trip ersetzen konnte. Auf Dauer war das also kein wirklicher Ersatz. Sie merkte, wie bei diesen Gedanken ihre bis dahin wirklich gute Laune sank. Mist, sie hatte doch eigentlich den Abend genießen wollen, wenn es hier sonst schon so trostlos war. Sie seufzte, der Gedanke an die Arbeit im Gewächshaus und das oberflächliche Gefasel von Judith und den Feen war jetzt wirklich nicht dazu angetan, ihre Feierlaune wiederherzustellen. Sie warf einen Blick auf die Tanzfläche: wenigstens schien sich ihr Bruder zu amüsieren.

Bevor sie noch weiter in Trübsal versinken konnte, kam Kevin auf sie zu.

„Hey Gretel. Komm, tanz' mit mir!"

Sie schüttelte den Kopf, der Junge ließ jedoch nicht locker.

„Doch, komm. Was dein Bruder kann, können wir schon lange!"

Er streckte seine Hand zu ihr aus, während einige der Bewohner ihr halb amüsierte, halb mitleidige Blicke zuwarfen. Das stachelte sie dann so an, dass sie Kevins Hand ergriff und sich von ihm zur improvisierten Tanzfläche ziehen ließ. Drei Tänze später stellte sie erstaunt fest, dass ihr Verlangen nach Dope tatsächlich so weit nachgelassen hatte, dass sie sich wieder amüsieren konnte, was sie dann auch noch eine gute Stunde lang tat, bevor wieder Schlafenszeit war.

Nach dem zu-Bett-gehen kreisten ihre Gedanken wieder sehr lange darum, wie sie hier zu Koks oder etwas Vergleichbarem kommen konnte. Bevor sie eine Lösung für ihr Problem gefunden hatte, forderte dann aber der anstrengende Tag seinen Tribut und sie war eingeschlafen.

Kapitel 12

Am nächsten Morgen nach dem Frühstück schlurfte Gretel, noch immer im Halbschlaf, zum Gewächshaus. Am liebsten hätte sie umgedreht und sich wieder ins Bett gelegt. Dies hätte aber dem Pakt widersprochen, den sie mit ihrem Bruder geschlossen hatte, dass sie sich anpassen und folgsam sein würden, bis sie endlich einen Weg hinaus gefunden hatten. Zudem war sie sich nicht sicher, ob dann die Heimleiterin kommen und an ihr 'herumhexen' würde. Das wollte sie auf gar keinen Fall.

Sie tat sich selbst noch etwas leid, als sie plötzlich ein Geräusch vernahm: 'Tschak, tschak, tschak' dann ein Rumpeln. Das unerwartete Geräusch erschreckte sie im ersten Moment, was ihre Müdigkeit augenblicklich verfliegen ließ. Neugierig folgte sie dem Geräusch, das in diesem Moment wieder einsetzte. Als sie um die Hausecke bog, sah sie, wodurch dies verursacht wurde: Kevin hackte Holz! Sie lief zu ihm hin.

„Hey. Sag mal, wird hier etwa mit Holz geheizt, oder was machst du da?"

Kevin sah sie fröhlich an.

„Auch hey. Im Haus gibt es eine Zentralheizung - glaub ich. Das Holz hier wird aber für den Ofen gebraucht."

Stirnrunzelnd sah Gretel ihn an: „Für den Ofen? Wie jetzt? Du hast doch gerade eben gesagt, dass es eine Zentralheizung gibt?"

Jetzt lachte Kevin noch breiter. „Für den Backofen und für den offenen Grill. Hin und wieder wird im großen, alten Holzbackofen Brot und Kuchen gebacken. Dafür wird das gehackte Holz gebraucht. Wie du sicher weißt, wird uns Judith bald verlassen, dann gibt es ein Feuer im großen, offenen Grill, damit die ganze Sau auch draufpasst. Das wird lecker!"

Gretel sah Kevin irritiert an. 'Was bitte geht denn hier ab? Und was war das jetzt für eine Ausdrucksweise?' Doch bevor sie dazu etwas erwidern konnte, hörte sie Judiths Stimme: „Kommst du Trödeltante bald? Mit Kev kannst du auch noch heute Abend flirten."

Die Angesprochene verdreht die Augen - als ob sie sich für Kevin interessieren würde. Nicht, solange der Kerl keine Drogen hatte, die er mit ihr teilen würde. Sie drehte sich jedoch wortlos um und lief zum Gewächshaus, um nicht doch noch negativ aufzufallen.

Bis zum abendlichen Treffen mit ihrem Bruder hatte sie den Vorfall schon wieder vergessen; es gab schließlich Wichtigeres. Sie konnte Hansi nur berichten, dass sie mehrfach versucht war, Blüten zu ernten. Letztlich hatte sie sich aber nicht getraut. Außerdem musste sie davon ausgehen, dass der Drache auch das Harz erschnüffeln würde, dann hätte sie nichts davon zu ihrem Bruder bringen können.

Auch Hansi hatte nichts Neues zu berichten. Während des Putzens der Badezimmer hatte er vorsichtig in den Kulturbeuteln der anderen Jugendlichen herumgekramt, aber nichts gefunden, das auch nur näherungsweise als Droge hätte benutzt werden können.

Enttäuscht, aber nicht hoffnungslos gingen die beiden nach einem relativ kurzen Gespräch zu den anderen Jugendlichen in den Aufenthaltsraum. Vielleicht würden sie ja dort etwas Hilfreiches aufschnappen.

Zwei weitere Tage gingen ins Land. Hansi und Gretel verrichteten zwar weiterhin ihre Arbeiten, wurden aber zusehends mürrischer. Daran konnte auch das nächste Gespräch mit der Psychologin nichts ändern. Ihre Gedanken kreisten fast nur noch um Flucht und Drogen - nun, bei genauer Betrachtung wesentlich mehr um Drogen als um Flucht. Selbst der Gedanke an Flucht war davon begleitet, dass sie sich dann endlich wieder eine Line würden reinziehen können. Die beiden waren so in ihrer 'Sehn'-Sucht verhaftet, dass sie gar nicht bemerkten, wie sich die anderen Jugendlichen immer mehr von ihnen zurückzogen. Die meisten der Heimbewohner hatten selbst schon solche Phasen durchgemacht und wussten daher, dass gutes Zureden ohnehin nichts ändern würde.

Frau Hag beobachtete die beiden genau. Wenn nicht direkt, dann durch ihre Kristallkugel, die in den sachkundigen Händen der Hexe tatsächlich wie eine Webcam funktionierte.

Sie wies die Feen strikt an, derzeit keine Haschkekse zu backen und Gretel auch keine alten Kekse aus irgendwelchen Vorräten anzubieten. Da mussten die Geschwister jetzt ohne Hilfsmittel durch, sonst würde sich deren Suchtverhalten nicht ändern. Frau Hag seufzte. Es war für sie nicht leicht, die Jugendlichen so leiden zu sehen. Sie sah aber keine andere Möglichkeit ihnen zu helfen, als sie bis zur völligen Erschöpfung zu beschäftigen und ihnen gleichzeitig jegliche Drogen vorzuenthalten. Natürlich waren die Gewürze in der Küche mit Kräutern versetzt, die die körperlichen Auswirkungen des Entzugs fast zur Gänze ausglichen, gegen die psychischen Entzugserscheinungen hatte sie aber leider nichts zur Hand. Sie schärfte Bodo ein, die Grenzen des Anwesens noch aufmerksamer zu kontrollieren, da sie davon ausging, dass die beiden bald einen neuen

Fluchtversuch starten würden.

Sie blickte wieder in ihre Kristallkugel und sah Judith neben Gretel stehen. Sie dachte zurück an die Zeit, als Judith frisch im Heim angekommen war: eine aggressive Drogenabhängige mit einer fatalen Tendenz zur Kleptomanie.

Anders als die Geschwister war Judith nicht direkt ins Heim gekommen, sondern hatte sich zuerst einer Entziehungskur unterzogen. Crystal Meth ist einfach zu heftig, um ohne vorherigen Klinikaufenthalt davon loszukommen.

Frau Hag seufzte. Wenn sie sich die Geschwister so ansah, wäre es wohl besser gewesen, die beiden hätten auch erst einen Entzug gemacht. Aber sie jetzt noch dorthin zu schicken war auch keine Option, jetzt mussten die zwei so durch die derzeitige Phase kommen.

Vielleicht half ihnen ja die Abschiedsparty von Judith. Wenn das auch nichts brachte, würde sie wohl doch nach einem Gedanken-Entgiftungs-Ritual suchen müssen. Ihr selbst war zwar trotz ihrer Nachforschungen nichts dergleichen bekannt, doch wenn es notwendig würde, könnte sie bei ihren Kolleginnen nachfragen. Vor allem Mathilda war immer sehr findig, was Ritualmagie anging.

Aber immer schön eines nach dem anderen. Die Geschwister mussten noch zwei Tage durchhalten. Jetzt galt es, die Abschiedsfeier für Judith zu organisieren und dafür Sorge zu tragen, dass sie dann außerhalb des Heims ein Zimmer hatte, damit der Start ihrer Ausbildung zur Landschaftsgärtnerin gut verlief.

Sie überlegte noch eine Zeit lang, ob sie Judiths künftigen Arbeitgeber auch zu dem Fest einladen sollte, entschied sich dann aber dagegen. Sie wollte vermeiden, dass Judith Schwierigkeiten im Ausbildungsbetrieb bekam, sollte sich jemand daneben benehmen.

Mit einem weiteren Seufzer wendete sich die Heimleiterin dem Papierstapel zu, den es zu bearbeiten gab, warf aber dennoch immer wieder einen prüfenden Blick in die Kristallkugel. Insbesondere Hansi behielt sie in kurzen Abständen im Blick.

Kapitel 13

Bevor er mit den Reinigungsarbeiten des Badezimmers im zweiten Stock begann, öffnete Hansi das Fenster.

Die Arbeit war nicht wirklich schwer und übermäßig beeilen musste er sich auch nicht, um bis zum Abend mit allen Toilettenräumen und Badezimmern sowie dem Abwasch fertig zu werden.

Gelangweilt sah er sich im Raum um. Bis jetzt hatte er jeden Tag die Kulturbeutel der anderen Jugendlichen durchsucht, in der Hoffnung, zumindest in einem davon auch nur ein klein wenig irgendeiner berauschenden Substanz zu finden. Welche, war ihm zwischenzeitlich egal. Das Ergebnis war jedoch immer das gleiche gewesen: Nichts! Nicht der kleinste Krümel. Auch nichts, das irgendwie als Ersatz hätte dienen können.

Es war wirklich Zeit, endlich von hier zu verschwinden! Er stellte sich ans Fenster. Vielleicht hatte er von hier oben einen besseren Überblick und konnte einen Durchlass entdecken, der groß genug war, dass Gretel und er hindurchschlüpfen konnten, aber zu klein, dass der Drache ihnen folgen konnte.

Er nahm sich die Zeit, das ganze Gelände, soweit er es vom Fenster aus sah, genau in Augenschein zu nehmen. Hmmm, dort war ein Loch in der Mauer. Vielleicht könnte er das abends etwas vergrößern, wenn alle anderen im Aufenthaltsraum saßen. Er besah sich die Stelle eingehender. Ja, das müsste gehen. Er freute sich diebisch. Mit etwas Vorarbeit würde ihnen so die Flucht gelingen!

Vergnügt wollte er sich wieder an die Arbeit machen, als ihm plötzlich auffiel, dass die Mauer einfach so aufhörte. Er sah nochmals genauer hin: tatsächlich, links und rechts war die Mauer nach wenigen Metern einfach zu Ende. Sie war irgendwie völlig nutzlos. Daneben war auf der einen Seite ein Stück Rasen, auf der anderen ein Blumenbeet. Während er und Gretel sich durch das Loch quetschten, könnte Bodo einfach bequem um die Mauer herumlaufen und sie auf der anderen Seite begrüßen. Mist! So ging es also auch nicht.

Enttäuscht wandte er sich wieder dem Badezimmer zu und wollte gerade schon zum Putzeimer greifen, als er kurz innehielt. Ihm wurde eben bewusst, was er gerade neben der Hauswand hatte stehen sehen.

Er drehte sich nochmals um und sah nach unten. Ja! Tatsächlich! Na, das war doch zumindest eine Zwischenlösung.

Am liebsten wäre er sofort ins Erdgeschoss gespurtet, wollte seine Entdeckung dann aber doch erst seiner Schwester mitteilen. Doch hierzu direkt ins Gewächshaus zu rennen würde viel zu viel Aufmerksamkeit erregen und sein ganzer schöner, gerade entwickelter Plan wäre futsch gewesen. Ebenso, wenn er jetzt seine Arbeit plötzlich verlassen würde. Obwohl es ihm sehr schwerfiel, zwang er sich dazu, weiterhin seiner Arbeit nachzugehen, nicht aufzufallen und seine Entdeckung nach dem Essen mit Gretel zu teilen, statt gleich loszurennen. Das würde ein wundervoller Abend werden!

Er wollte zwar so unauffällig wie möglich bleiben, konnte aber nicht verhindern, dass er den restlichen Tag mit einem leicht dümmlichen Grinsen auf dem Gesicht herumlief. Zum Glück waren die anderen Jugendlichen ebenfalls recht gut gelaunt, so dass es nicht weiter bemerkt wurde. Dass sein Grund zur Freude nicht in der Party lag, die am nächsten Abend stattfinden sollte, musste ja keiner wissen. Wenn er und Gretel es geschickt anfingen, könnte das Fest sogar richtig gut werden. Sein Grinsen verbreitete sich bei diesem Gedanken noch weiter, während er sich zum Toilettenraum der Jungs begab, um dort voller Motivation den Wischmopp zu schwingen.

Frau Hag warf einen Blick in ihre Kristallkugel und beobachtete den fröhlichen Hansi. Sie wollte ja gerne glauben, dass er sein seelisches Tief überwunden hatte und sich einfach auf die Party am nächsten Abend freute, aber sie beschlich bei dem

Anblick des unnatürlich lächelnden Jungen ein ungutes Gefühl. Sie beschloss, ihn noch besser im Auge zu behalten.

Der junge Mann bekam davon nichts mit, sondern freute sich schon auf das Gesicht seiner Schwester. Allerdings musste diese noch warten, bis er nach dem Abendessen mit dem Abwasch fertig war.

Gretel bemerkte während der Mahlzeit zwar das fröhliche Grinsen ihres Bruders, vermied es aber, ihn nach dem Grund zu fragen. Sie ging davon aus, dass er entweder einen Fluchtweg oder Drogen gefunden hatte. Beides würde er ihr im Beisein der anderen ohnehin nicht anvertrauen. Nach kurzer Zeit ließ sie sich jedoch von seiner Fröhlichkeit anstecken.

Nach dem Abendessen wartete sie geduldig im Empfangsraum auf Hansi. Sie überlegte kurz, sich zu den anderen zu gesellen, die mitunter laut lachend im Aufenthaltsraum die letzten Details für die Party am nächsten Abend besprachen. Es war durchaus verlockend, sich von der guten Laune und der Vorfreude der anderen mitreißen zu lassen. Letztlich blieb sie aber im Empfangsraum, um ohne viel Aufsehen mit ihrem Bruder auf ihr Zimmer gehen und seinen sicherlich guten Nachrichten lauschen zu können.

Allzulange brauchte sie nicht zu warten. Hansi

hatte sich offensichtlich mit dem Spülen beeilt. Ein Hinweis mehr darauf, dass er zumindest für eines ihrer beiden Probleme eine Lösung gefunden hatte. Er kam mit seinem breiten Grinsen auf sie zu, schüttelte aber den Kopf, als sie sich zur Treppe wandte.

„Nein, warte. Wir gehen an die frische Luft".

Er platze beinahe vor Freude und Mitteilungsdrang. Sie war einen Moment lang verblüfft, schloss sich ihm dann aber vertrauensvoll an. Ob sie gleich jetzt fliehen würden? Sie war ganz aufgeregt und fühlte an ihrem ganzen Körper ein freudiges Kribbeln. Sichernd sahen sich beide um, bevor sie die Haustür öffneten. Es war jedoch niemand im Raum, der hätte Fragen stellen können. Dass Frau Hag unruhig vor ihrer Kristallkugel saß und beide aufmerksam beobachte, konnten sie nicht wissen. Entschlossen traten die Geschwister auf den Hof hinaus und schlossen die Tür sorgfältig hinter sich.

Im Hof angekommen, schlug Hansi nicht den Weg zum Gewächshaus ein und ging auch nicht in Richtung Hoftor, sondern wandte sich in die andere Richtung am Haus entlang. Gretel sah ihn irritiert an, sagte jedoch nichts. Sie war sich sicher, dass ihr Bruder wusste, was er tat. Das wusste er schließlich immer und offensichtlich hatte er auch jetzt eine Lösung für ihre Misere gefunden. Ihr

Gesichtsausdruck änderte sich daher schnell von irritiert zu freudig und erwartungsvoll. Hansi bemerkte dies und grinste noch breiter. Ja, das war seine Schwester! Zu allem bereit und immer darauf vertrauend, dass ihr großer Bruder sie anleitete und beschützte. Zufrieden bog er an der Hausecke ab und ging noch ein paar Meter weiter am Haus entlang. Dann hielt er vor einem großen Blumenkübel an, der mit einer mannshohen, buschähnlichen Blume bepflanzt war. Die Pflanze hatte viele große, trichterförmige, rosafarbene Blüten. Gretel betrachtete neugierig die Pflanze, konnte aber im Dämmerlicht kein verstecktes Drogenpäckchen entdecken. Nun, wenn es so offensichtlich wäre, hätten es ja sicherlich auch schon andere gefunden oder der Drache hätte es gefressen. Hansi stand weiterhin mit einem breiten Grinsen neben ihr und strahlte sie an, als habe er ein Kokslabor entdeckt.

Nachdem er keine Anstalten machte, etwas zu sagen oder zu tun, fragte Gretel schließlich vorsichtig: „Und? Hübsche Pflanze. Und was machen wir jetzt? Ist in der Erde was versteckt, oder unter dem Blumenkübel? Hoffentlich schaffen wir es, den anzuheben. Er sieht ziemlich schwer aus."

Hansi schüttelte belustigt den Kopf. „Weißt du nicht, was das für eine Pflanze ist?"

Seine Schwester sah nochmals aufmerksam hin, schüttelte jetzt aber ebenfalls den Kopf, allerdings als Verneinung seiner Frage. Er stellte sich mit stolzgeschwellter Brust in Positur: „Dies, meine Liebe, ist eine Engelstrompete. Die heißt so, weil du die Engel singen hörst, wenn du davon naschst."

Gretel sah ihn nur fragend an.

„Die Bestandteile der Pflanze sind halluzinogen. Soweit ich weiß, reicht eine halbe Blüte locker, dass dir das Dach davonfliegt. Du siehst, wenn man nur richtig Ausschau hält, stellt man fest, dass es hier noch andere Drogenpflanzen gibt als den Hanf, an den wir nicht drankommen - sogar viel heftigeres Zeugs."

Nach einer Kunstpause fuhr er fort: „Na, welche teilen wir uns?"

Neugierig betrachtete Gretel die Blüten. Nach kurzem Überlegen zeigte sie mit gekünstelter Geste auf den größten Trichter, an den sie mühelos heranreichen konnte.

„Diese hier soll es sein", bemerkte sie in dazu passendem Ton.

Hansi grinste, zupfte den rosafarbenen Kelch ab und teilte ihn. Dann reichte er mit ebenso theatralischer Geste die eine Hälfte seiner Schwester. Die beiden sahen sich nochmals zufrieden lachend an, dann setzten sie zeitgleich dazu an, die Blüte in den Mund zu schieben, erstarrten jedoch mitten in der Bewegung.

„Oh Gott, Halt! Nein, tut das bitte nicht!", hörten sie Frau Hag entsetzt schreien, die in diesem

Moment um die Hausecke preschte. Hansi erholte sich als erster von dem Schrecken.

„Schnell", raunte er seiner Schwester zu und schob sich eilig seine Blütenhälfte in den Mund. Mit einer halben Sekunde Verzögerung reagierte auch seine Schwester. Beide kauten eifrig auf dem Pflanzenteil herum. Kaum war die Heimleiterin bei ihnen angekommen, schluckten sie die zerkauten Teile hinunter.

Das Entsetzen im Gesicht von Frau Hag reizte die Geschwister nur zu einem meckernden Lachen. Auch das Herausziehen eines Smartphones bewegte die beiden nur zu einem höhnischen Grinsen.

Bereits Sekunden später gefror den beiden das Lachen auf den Lippen, als alles um sie herum anfing, sich zu drehen, während ihr Herz pumpte, als hätten sie an einem Marathonlauf teilgenommen. Gretel hörte noch, wie Frau Hag etwas von Notarzt und Vergiftung in heller Aufregung ins Telefon rief. Dann wurde es um die Geschwister herum schwarz.

Kapitel 14

„Piep - piep - piep - piep..." Schlaftrunken wollte sich Gretel die Ohren zuhalten, um dieses nervtötende Gepiepe nicht mehr hören zu müssen.

Schnell stellte sie fest, dass sie ihre Hände zwar bewegen, ihre Arme aber nicht anheben konnte. Die Handgelenke fühlten sich an, als wären sie festgetackert. Außerdem war ihr schwindelig und leicht übel. Oh Mann, was war das nur für ein abgefahrener Trip.

Zum ersten Mal in ihrem Leben fragte sie sich, ob ein Dasein ohne Drogen vielleicht nicht doch besser wäre, als ein so mieses Erlebnis. Dann erinnerte sie sich verschwommen an einen ihrer ersten LSD-Trips. Der war auch reichlich schräg und zu diesem Zeitpunkt irgendwie beängstigend gewesen. Ihr Bruder hatte gesagt, dass die Erlebnisse mit der Zeit besser würden, und er hatte Recht gehabt. Wahrscheinlich war es mit der Engelstrompete auch so und der nächste Trip würde schon viel besser werden.

Wie war das nochmal? Die Engelstrompete hieße so, weil man dann die Engel singen höre. Nun, wenn die Engel immer nur 'piep, piep, piep' sangen, war das aber nur nervig und nicht im Entferntesten so, wie sie sich Engelsmusik immer vorgestellt hatte.

Bevor sie sich weiter Gedanken darüber machen konnte, war sie wieder eingeschlafen. Gleich ihrem Bruder schlief sie so tief und fest, dass sie gar nicht mitbekam, wie ihre Eltern zusammen mit Frau Hag das Krankenzimmer betraten, in dem die beiden lagen und an diverse Gerätschaften und Monitore angeschlossen waren.

Betrübt schüttelte Frau Hag den Kopf, als sie die zwei so hilflos und elend daliegen sah.

„Ich wusste, dass sie regelrecht besessen waren von dem Gedanken an Drogen, aber dass sie so weit gehen würden, eine derart giftige Pflanze wie die Engelstrompete zu essen und dann auch noch in einer solch hohen Menge, damit hatte ich überhaupt nicht gerechnet."

Sie wandte sich an die Eltern der Geschwister: „Es tut mir leid, dass ich nicht besser aufgepasst habe. An die Engelstrompete hatte ich gar nicht mehr gedacht. So gut wie alle meine Zöglinge sind drogensüchtig, viele kommen direkt nach einem Entzug aus der Klinik zu mir, aber daran hatte sich bisher noch niemand vergriffen."

Beschwichtigend legte Herr Waldmann, der Vater der Geschwister, seine Hand auf ihre Schulter.

„Machen Sie sich keine Gedanken, Frau Hag. Ohne ihr schnelles Eingreifen, beziehungsweise die sofortige Benachrichtigung des Notarztes wären unsere Kinder jetzt womöglich tot. Leider müssen wir uns eingestehen, dass es durchaus im Bereich des Möglichen war, dass sie auch dann Engelstrompete versucht hätten, wenn sie nicht im Heim gewesen wären. Dann hätte niemand rechtzeitig die Sanitäter gerufen. In diesem Fall wäre wohl jede Hilfe zu spät gekommen. Sie haben ihnen das Leben gerettet. Vergiftet haben sich die beiden leider selbst. Ich kann verstehen, wenn sie jetzt in ein anderes Heim müssen."

Traurig betrachtete der Mann seine Kinder und ließ den Kopf hängen. Seine Frau blieb stumm, während sie sich weitere Tränen aus dem Gesicht und den rotgeränderten Augen wischte. Frau Hag hatte ernsthafte Bedenken, dass die zierliche Frau jeden Moment zusammenbrechen und selbst einen Arzt benötigen würde. Sie musterte die beiden Jugendlichen nochmals, die bleich in den Krankenhausbetten lagen und zu ihrem eigenen Schutz mit Lederbändern an den Handgelenken fixiert waren.

Leise, mehr wie zu sich selbst, antwortete sie nach einigen Sekunden auf die Frage von Herrn Waldmann.

„Ich hoffe, dass der Aufenthalt hier den beiden eine ernsthafte Lehre ist und würde es nochmals mit ihnen versuchen. Aber natürlich nur, wenn sie mir ihre Kinder ein weiteres Mal anvertrauen wollen. Die Engelstrompete habe ich bereits meiner Schwester geschenkt und auch sonst alle Pflanzen, die irgendwie giftig sind, aus dem Garten entfernen lassen. Von diesem Aspekt her sollte es jetzt bei mir sicher sein."

Herr Waldmann nickte schwermütig. „Wir, also meine Frau und ich, würden es sehr begrüßen, wenn unsere Kinder nochmals eine Chance bei Ihnen bekommen würden. Die zwei hängen sehr aneinander - überall sonst würden sie ja getrennt untergebracht werden. Ihren Berichten zufolge hatten sie sich ja auch ganz gut eingelebt. Also, bevor sie diesen Rückfall erlitten."

Die Situation war ihm unbehaglich, weshalb er ins Stocken kam. Schließlich fuhr er fort: „Allerdings schätze ich, dass wir gar nicht mehr so viel Einfluss auf diese Entscheidung haben. Die wird letztlich wohl das Jugendamt, also Herr Krude, treffen."

Frau Hag lächelte ihn sanft an: „Ich denke, den kann ich überzeugen. Wenn Sie damit einverstanden sind, werde ich gleich anschließend mit ihm reden." In Gedanken fügte sie noch an: 'Der frisst mir sowieso aus der Hand. Spätestens wenn ich ihn etwas bezirzt habe hätte er nicht mal mehr was gegen seine eigene Hinrichtung einzuwenden.'

Mit einem bedauernden Blick zu den Geschwistern und einem aufmunternden Blick für die Eltern verabschiedete sie sich dann recht zügig, um den weiteren Aufenthalt von Hansi und Gretel in ihrem Haus über Herrn Krude sicherzustellen. In Gedanken schalt sie sich eine Närrin, ausgerechnet zwei derart suchtkranke Kinder nochmals bei sich aufnehmen zu wollen. Andererseits war sie noch nie den geraden Weg gegangen. Gerade diese Beiden von ihrer Sucht abzubringen, war irgendwie zu einer persönlichen Herausforderung geworden, der sie sich unbedingt stellen wollte. Sie war sich sicher, dass dies auch kein anderes Heim schaffen würde, falls sie hier versagte. Schließlich waren die Mittel der anderen Häuser sehr viel begrenzter und zu herkömmlich, um in diesem Fall wirklich etwas bewirken zu können.

Mit dieser Überzeugung traf sie bereits eine Viertelstunde später Herrn Krude, der sich dann auch, wie erwartet, ganz leicht von ihren Argumenten überzeugen ließ - so wenige es bei Licht betrachtet auch waren. Wie dem auch sei, dies war jedenfalls geschafft.

Nun musste die Organisation für das Fest am Abend zu Ende gebracht werden, danach konnte sie sich eine Strategie für die Geschwister überlegen.

Kapitel 15

Die Abschiedsparty für Judith war ein voller Erfolg. Alleine, dass zur Feier des Tages ein Spanferkel über dem offenen Grill gebrutzelt wurde, steigerte die Laune der meisten Heimbewohner, da sie sonst ja nur sehr gesundes, vegetarisches Essen bekamen. Vor allem Kevin war so angetan von dem Spanferkel, dass er fast den ganzen Abend mit fettglänzendem Mund und Kinn herumlief. Dafür hatte er aber auch die ganze Zeit über blendende Laune - wie er sich irgendwann selbst eingestand, sogar bessere Laune, als er mit einer Line Koks gehabt hätte.

Zum Abschluss gab es sogar ein kleines Feuerwerk, das vor allem Judith mit feuchten Augen betrachtete. Wusste sie doch, dass dies ihr Abschied war und sie am nächsten Tag eine eigene kleine Einzimmerwohnung beziehen und schon zwei Tage später ihre Lehrstelle antreten würde. Da sie sich während der gemeinsamen Arbeit mit Gretel angefreundet hatte, bedauerte sie, dass diese nicht anwesend sein konnte. Nun, so wie sie sich zusammen mit ihrem Bruder weggeschossen hatte, war es fast ein Wunder, dass die beiden noch lebten.

Vielleicht ergab sich ja irgendwann die

Möglichkeit, sie hier zu besuchen. Frau Hag hatte ihr angeboten, dass sie sich jederzeit telefonisch oder auch persönlich melden konnte, wenn sie in nächster Zeit einen Ratschlag oder Hilfe benötigen sollte - oder auch wenn sie einfach eine Stunde mit Freunden verbringen wollte. Sie hoffte natürlich ebenso sehr wie die Heimleiterin, dass sie recht schnell Freunde außerhalb des Heimes finden würde, aber es war beruhigend zu wissen, dass nicht automatisch alle Verbindungen durchtrennt waren, wenn sie den ohnehin nicht ganz einfachen Schritt in ein neues Leben wagte.

Beim Abschied am nächsten Morgen erhielt Judith von allen nochmals eine herzliche Umarmung und so mancher zückte ein Taschentuch, um sich die Tränen abzuwischen. Selbst Tinky, Ali und Bodo waren gekommen. Während Judith von den Feen einen Kuss auf die Wange bekam, rieb der Drache seine Schnauze an der Schulter der jungen Frau - das war seine Art der Umarmung. Eine Stunde später war der Alltag dann schon wieder eingekehrt.

Kapitel 16

Dank der Tropfen, die Frau Hag den Geschwistern ohne Wissen des Krankenhauspersonals bei ihren Besuchen verabreichte, konnten diese bereits zwei Tage später aus dem Krankenhaus entlassen werden.

Es gab ein großes Hallo, als sie pünktlich zum Abendessen wieder im Heim eintrafen, auch wenn ihnen die anderen Jugendlichen mehr oder weniger deutlich zu verstehen gaben, dass sie ziemlich großen Mist gebaut hatten. Die Geschwister waren über das herzliche Willkommen überrascht, freuten sich aber, dass sie offensichtlich vermisst worden waren.

Nach dem Abendessen sah sich Gretel suchend im Aufenthaltsraum um. „Suchst du was Bestimmtes? Die Engelstrompete hat die Hag weggeschafft, die wirst du nicht finden." Die kleine Neckerei konnte sich Paula dann doch nicht verkneifen.

Gretel sah sie zuerst etwas verwirrt an, dann verdrehte sie die Augen. „Nee du, die blöde Pflanze suche ich echt nicht. Das war ein Höllentrip, das brauch ich wirklich nicht nochmal. Nö, ich suche Judith. Ist sie noch im Gewächshaus? Beim Abendessen hab ich sie auch nicht gesehen."

Paula seufzte. „Mann, ihr zwei habt ja echt gar nichts mitbekommen, oder? Judith ist nicht mehr bei uns. Die Vorbereitungen für den Abschied liefen doch schon, bevor du und dein Bruder meinten, Giftpflanzen essen sei cool. Die Feier war echt toll und das Essen hat superlecker geschmeckt. Mal wieder richtig Fleisch, draußen vom großen Grill, nicht dieses vegetarische Ökofutter, das es sonst gibt."

„Ich dachte, du magst das Essen hier?", fragte Gretel erstaunt nach.

„Naja, es schmeckt nicht schlecht. Wenn du jahrelang die Pampe essen musstest, die meine Erzeugerin als Essen hinstellt, kommst du dir hier vor wie in einem Fünf-Sterne-Restaurant. Aber so ein bissi mehr Fleisch dürfte es für meinen Geschmack schon geben. Was soll's - bei der Abschiedsfeier gab's ja reichlich davon. Vielleicht ist ja schon bald wieder eine Abschiedsfeier, dann gibt's nochmal Fleisch."

Bevor Gretel weiterfragen konnte, wurde Paula von Serena und Kevin zu einem Spiel aufgefordert. Gretel hatte keine Lust, sich ebenfalls zu beteiligen. In ihrem Kopf schwirrten die Gedanken unsortiert umher und sie stellte fest, dass sie reichlich müde war. Was sollte das dann erst am nächsten Tag im Gewächshaus werden? Sie hatte schon beim Gedanken daran, Gießkannen zu schleppen, das Gefühl, Muskelkater zu bekommen und auf der Stelle einzuschlafen. Ob ihr Bruder wohl wieder im Gewächshaus mithelfen durfte, jetzt wo Judith nicht mehr da war?

Sie drehte sich zu Hansi herum und runzelte die Stirn. Beim Abendessen war er nach der herzlichen Begrüßung voller Euphorie gewesen. Jetzt saß er schon wieder in der Ecke und schaute halb trübsinnig, halb wütend aus der Wäsche. Sie ging zu ihm hin und versuchte mit einem Scherz, die düstere Fassade ihres Bruders wieder aufzuhellen.

„Hey, ja wir haben das einzige Essen mit Fleisch verpasst, aber auf der anderen Seite, wir durften wieder hierher, das heißt wir konnten zusammenbleiben, was sonst nicht möglich gewesen wäre. Das ist doch auch schon was wert."

Sie machte eine Pause, bevor sie mit schmeichelnder Stimme fortfuhr: „Jetzt, wo Judith weg ist, kannst du vielleicht wieder mit mir im Gewächshaus arbeiten. Ist doch was anderes als Klos putzen und wir könnten den ganzen Tag zusammen sein. Wer weiß, vielleicht fällt uns dann doch noch eine Fluchtmöglichkeit ein."

„Bevor wir das nächste Abschiedsessen sind?", warf ihr Bruder mit finsterer Miene ein.

Zum wiederholten Mal an diesem Abend hatte Gretel das Gefühl, überhaupt nicht zu verstehen, von was gerade gesprochen wurde. Angesichts der kaum verhohlenen Wut ihres Bruders, über was auch immer, zog sie es vor, nicht nachzufragen. Sie hatte keine Lust, sich von seiner schlechten Laune herunterziehen zu lassen. So schüttelte sie den Kopf, zuckte die Schultern und sah sich nochmals im Aufenthaltsraum um.

Die anderen Jugendlichen saßen beisammen, hörten leise Musik, unterhielten sich oder spielten harmlose Gesellschaftsspiele. Hin und wieder drang ein Lachen an ihre Ohren. Weder Frau Hag, noch die Feen waren anwesend. Alles machte einen vollkommen friedlichen Eindruck. Sie verstand wirklich nicht, weshalb Hansi derart sauer war und vor allem nicht, worauf.

Kevin bemerkte, dass Gretels Blick durch den Raum wanderte und deutete einladend auf den Stuhl neben sich. Sie lächelte ihm freundlich zu, schüttelte aber den Kopf. Sie fühlte sich nur noch müde und Hansis fast schon körperlich fühlbare Wut lähmte sie zusätzlich. Aus Unverständnis über Hansis Wut schüttelte sie nochmals den Kopf, bevor sie aufstand und mit einem allgemeinen Gute-Nacht-Gruß in die Runde das Zimmer verließ.

Vor der Tür verharrte sie noch kurz, ob ihr Bruder auch kommen würde. Doch es blieb alles ruhig. Er folgte ihr offensichtlich nicht, weshalb sie schließlich zu Bett ging und auch recht schnell einschlief. In der Nacht träumte sie von Gewitter, Engelstrompeten und Feuer.

Zu ihrer Enttäuschung wurde Hansi erneut für die Reinigung der Toilettenräume und Badezimmer sowie für das Geschirrspülen eingeteilt, während sie Wäsche waschen und bügeln durfte. Sie hatte sich auf das Gewächshaus und die Feen gefreut, nahm sich aber vor, auch diese neu zugewiesene Arbeit gewissenhaft zu erledigen. Sobald sie ein paar Minuten Zeit hätte, würde sie bei den Feen vorbeischauen. Vielleicht konnte sie die beiden ja davon überzeugen, dass sie gerne wieder im Gewächshaus arbeiten würde. Wenn sie Tinky und Ali auf ihrer Seite hatte, würde sich sicher auch Frau Hag erweichen lassen.

Hansi hatte auch beim Frühstück sein

mürrischstes Gesicht aufgesetzt. Gretel war es peinlich, dass er das Entgegenkommen von Frau Hag so überhaupt nicht würdigte und versuchte, doppelt so freundlich zu sein, was von der Heimleiterin mit einem wohlwollenden Lächeln und von Paula mit einem unverschämten Grinsen quittiert wurde.

Der weitere Tag verlief ohne besondere Vorkommnisse. Hansis Miene hellte sich die ganze Zeit über kein bisschen auf, während er seiner Arbeit nachging. Wenigstens bemühte er sich, diese ordentlich zu machen, wie Frau Hag bei wiederholten Blicken in ihre Kristallkugel feststellen konnte.

Gretel wurde von Paula in die Arbeit in der Wäscherei eingewiesen und hatte dank einiger lockerer Sprüche und der fröhlichen Art des zierlichen Mädchens im Gegensatz zu ihrem Bruder einen recht vergnüglichen Tag.

Abgesehen von den Mahlzeiten, bei denen sie sich ein wenig von Hansis mürrischer Miene anstecken ließ. Sie ärgerte sich selbst darüber, was zur Folge hatte, dass sie sich am Abend demonstrativ zu Kevin und Paula setzte, um sich das Skatspiel erklären zu lassen. Zwar konnte sie sich die Spielregeln nicht merken und verlor ständig, hatte aber trotzdem reichlich Spaß. Durch das Spiel war sie so abgelenkt, dass sie gar nicht bemerkte, dass Hansi zwar kurz in den Aufenthaltsraum gekommen, aber ziemlich schnell wieder gegangen war.

Auch der darauffolgende Tag brachte keine Änderung seiner Laune. Hieran konnte selbst die

Psychologin nichts ändern, die nach der Gesprächsstunde fast noch frustrierter war als ihr Patient. Gretel hatte sogar den Eindruck, dass sich seine Stimmung noch weiter verschlechtert hatte, auch wenn sie am Tag zuvor noch davon überzeugt war, dass dies gar nicht möglich sei.

Als sie sich am Nachmittag im Haus zufällig über den Weg liefen, zischte ihr Hansi „heute Abend hinter dem Haus" zu, bevor er im nächsten Badezimmer verschwand, ohne dass Gretel die Möglichkeit hatte, irgendetwas zu antworten.

Während des restlichen Nachmittags grübelte sie, was mit ihrem Bruder wohl los sein mochte. Ohne seine geliebten Drogen war er schon immer mal etwas muffig, aber derart anhaltend schlecht gelaunt war sogar für ihn ungewöhnlich. Besonders, weil sie deutlich spürte, dass Hansi vor allem furchtbar wütend war. Sie kam aber trotz aller Überlegungen nicht darauf, weshalb. Sicher, sie kamen hier nicht an Drogen heran und eine Fluchtmöglichkeit hatte sich auch noch nicht ergeben. Dennoch, so wütend war er vor ihrem 'Experiment Engelstrompete' nie gewesen.

Auch nicht, als sie wieder im Heim angekommen waren, wie sie sich erinnerte. Beim ersten Abendessen war er noch recht fröhlich gewesen. Was war nur geschehen? So sehr sie sich auch den Kopf zermarterte, ihr fiel beim besten Willen nichts ein, was diese permanent miesepetrige Stimmung hätte verursachen können.

Gretel war froh, als es endlich Zeit fürs

Abendessen war, so hatte wenigstens die Grübelei ein Ende. Sie hoffte jedenfalls, dass ihr Bruder mit der Sprache herausrücken und nicht nur irgendwelches wirres Zeug reden würde.

Nach dem Essen setzte sie sich noch zu den anderen Jugendlichen in den Aufenthaltsraum, bis Hansi mit seinem Spüldienst fertig war. Sie hatte jedoch keinen Kopf für Gespräche oder gar für ein Spiel. Schließlich hielt sie es nicht mehr aus. So ungeduldig wie neugierig ging sie in den Garten, um dort auf ihren Bruder zu warten. Hier konnte sie wenigstens nervös hin und her laufen, ohne sich blöde Kommentare anhören oder gar unangenehme Fragen beantworten zu müssen. Knapp zehn Minuten später kam ihr Bruder um die Ecke gestampft.

Bevor sie ihn mit ihren Fragen bestürmen konnte, legte er seinen Zeigefinger an die Lippen. „Schschsch", machte er dabei wichtigtuerisch und sah sich vorsichtig nach allen Seiten um. Nachdem er sich vergewissert hatte, dass niemand zu sehen war, nahm er seine Schwester an der Hand und zog sie mit sich. Gretel war viel zu perplex, um etwas zu sagen oder sich gegen diese etwas rüde Behandlung zu wehren.

Bereits nach wenigen Metern blieb Hansi vor einem großen, gemauerten Grill stehen. Der Grill war in Gretels Augen riesig. Sie überlegte, ob man da wohl ein ganzes Kalb darauf grillen könnte.

„Fällt dir was auf?", zischte ihr Bruder nahe ihrem Ohr. Sie besah sich den Grill genauer, konnte aber außer der Größe nichts Auffälliges feststellen.

130

Sie schüttelte deshalb den Kopf.

„Wozu braucht ein Heim, das ausschließlich vegetarisch kocht, so einen Grill, noch dazu in der Größe?"

Gretel wusste auch auf diese Frage ihres Bruders keine Antwort und schüttelte erneut den Kopf.

„Du weißt schon, dass die Alte eine Hexe ist, oder?"

Erstaunt hob Gretel eine Augenbraue. Ein wenig verschroben war die Heimleiterin schon und einen Hausdrachen hatte jetzt auch nicht jeder - aber eine Hexe? Hansi hatte diese Reaktion schon halb erwartet.

„Ja, du hast richtig gehört, eine Hexe. Das weiß ich, weil ich selbst schon gesehen habe, wie sie gehext hat. Im einen Moment war Paulas Arm gebrochen und ein paar Minuten später wieder ganz, als sei nichts gewesen. Ja, und da hat Paula auch gesagt, dass die Hag eine Hexe sei. Das hatte ich dir auch schon gesagt, an jenem Abend. Aber das hast du wohl irgendwie nicht richtig verstanden."

Bestätigend nickte er mit dem Kopf. Gretel war schon wieder fast schwummrig von den vielen Gedanken, die gleichzeitig auf die einstürmten. Schließlich nickte sie.

„Jetzt, da du es sagst. Stimmt ja, da war doch was!" Sie klatsche sich mit der flachen Hand auf die Stirn. „Aber das hat sich für mich so absurd angehört, dass ich es wieder vergessen habe. Hmm, deshalb weiß sie also immer, wenn jemand abhauen will. Das ganze Grundstück ist verhext, so dass keiner ausbüxen kann."

Zum ersten Mal, seit sie im Heim zurück waren,

umspielte Hansis Mund ein Lächeln, das allerdings grimmig und hinterhältig ausfiel.

„Ja, das ist die eine Seite, da hast du völlig Recht. Jetzt überleg mal: für die ganze Hexerei braucht sie ja Kraft und jedes Kind weiß, woher Hexen ihre Kraft beziehen...“

Erwartungsvoll sah er seine Schwester an, die sichtlich über das Gehörte nachdachte. „Hmm, aus der Natur... oder meinst du etwa, sie konsumiert unsere Drogen und nimmt daraus ihre Kraft?“

Jetzt war Gretel richtig empört. Ihnen wurden die Drogen vorenthalten und die Heimleiterin zog sich genüsslich rein, was sie kriegen konnte? Also, das war einfach ungerecht! Kein Wunder, dass ihr Bruder so wütend war, nachdem er das herausgefunden hatte. Da war seine Wut also wirklich berechtigt!

Zu Gretels Überraschung schüttelte Hansi seinen Kopf.

„Nein, keine Drogen. Viel schlimmer ...“, er sah sich nochmals sichernd um, bevor er ihr zuflüsterte: „Menschenfleisch!“

Gretel wurde kreidebleich. War das jetzt sein Ernst, oder wollte er ihr nur Angst einjagen? Zu gleichen Teilen ängstlich wie misstrauisch sah sie ihren Bruder an. Der nickte jedoch nur ganz ernst.

„Du hast schon richtig gehört. Das wirklich Schlimme ist, dass die anderen da auch noch mitmachen. Judiths Abschied - und alle haben Fleisch gegessen? Rate mal, wessen Fleisch! Ich habe gestern Abend nachgesehen, da sind noch Knochen in der Asche. Kein Schädelknochen, anhand dessen man das leicht und eindeutig nachweisen könnte, aber Knochen sind da. Wenn wir die in ein Labor schaffen könnten, würde man sicher bestätigen, dass es sich um Menschenknochen handelt."

Gretel kämpfte jetzt mit Übelkeit. Sollten wirklich alle hier Kannibalen sein? Und wer wäre als Nächstes dran? Nach welchem Prinzip wurden die Opfer ausgewählt? War dies auch der Grund, warum die Hag so jung aussah? Ein Schluchzer entsprang ihrer Kehle. Hansi nahm sie schnell in den Arm, was den Tränenstrom erst recht zum Fließen brachte.

Nach vielen Minuten, in denen sie heulend im Arm ihres Bruders gelegen hatte, sah sie schließlich, noch immer schreckensbleich, zu ihm auf. „Was machen wir denn jetzt bloß? Was können wir tun?"

Die Worte kamen seltsam tonlos über ihre Lippen, dennoch verstand Hansi diese Worte nur zu gut.

„Das Problem ist, dass wir die Knochen nicht in ein Labor schaffen können. Die anderen stecken mit der Hag unter einer Decke, an die können wir uns deshalb auch nicht wenden. Ich gehe allerdings davon aus, dass die unter einem Zauberbann stehen, der ohne den Einfluss der Hexe von ihnen abfallen wird. Das heißt, die Alte muss verschwinden. Erst dann hört der ganze Spuk auf."

Gretel sah ihn mit großen Augen an. „Aber wie soll das gehen? Die geht doch höchstens mal einkaufen, ist aber nie länger als zwei oder drei Stunden weg."

Hansi nickte grimmig. „Ja, wir dürfen nicht darauf warten, dass sie geht, wir müssen sie beseitigen."

Seine Schwester erschrak bis ins Mark. „Be...seitigen? ... du meinst - ermorden? Aber - das geht doch nicht! Das können wir doch nicht tun!"

Hansis Gestalt straffte sich, während sein Blick eiskalt wurde. „Ich fürchte, es heißt sie oder wir. Verstehst du nicht? Wir sind die Einzigen, die nichts von Judith gegessen haben, also sind wir die Außenseiter und damit wahrscheinlich die nächsten Opfer. Wenn es erst mal so weit ist, wird sie uns wahrscheinlich so bannen, dass wir uns nicht mehr wehren können. Nein, wir müssen zuerst zuschlagen, bevor sie was merkt."

Gretel war noch immer unbehaglich zumute, musste aber zugeben, dass Hansis Argumentation einen wahren Kern enthielt.

„Was schlägst du also vor?", hauchte sie schließlich.

„Ganz einfach. Wir schlagen sie mit ihren eigenen Waffen." Auf den verwirrten Blick seiner Schwester wisperte er ihr „Hexenverbrennung" zu; so leise, dass sie das Wort kaum verstehen konnte.

Hansi ging ein Stück weiter um das Haus herum und winkte seiner Schwester, ihm zu folgen. Etwa zehn Meter vom Grill entfernt befand sich ein offenstehender Schuppen, in dem sich noch mehrere dicke Holz- und Anzündscheite befanden. Auf einem schmalen Fensterbrett lagen sogar noch ein paar lange Streichhölzer und in einer Ecke einige zusammengeknüllte, alte Zeitungen. Hansi grinste über das ganze Gesicht. „Siehst du, alles da!"

Gretel war noch immer etwas mulmig zumute. Zaghaft fragte sie: „Willst du den Schuppen anzünden?"

Ihr Bruder schüttelte den Kopf. „Nö, das Feuer

würde vielleicht auf das Haus übergreifen. Ich will die anderen ja vom Bann befreien und nicht auch umbringen."

Erleichtert atmete seine Schwester auf. „Aber wie willst du es dann anstellen?"

Hansi grinste weiterhin breit. „Ganz einfach, wir nehmen jetzt das Papier und die dünnen Scheite und schichten das im Grill auf. Dann holen wir noch ein oder zwei dicke Holzstücke. Das reicht für heute.

Morgen gehe ich zwischen dem Putzen immer mal wieder hierher und schichte noch ein paar dicke Scheite drauf. Am Abend sagen wir dann allen, dass wir ja das Abschiedsfest verpasst haben und wenigstens ein Feuer anzünden wollen. Dann fragen wir die Hag, ob sie auch kommen will. Irgendwie müssen wir sie zum Grill locken. Da sie sich ja immer sehr besorgt gibt, stellen wir uns dicht ans Feuer. Dann wird sie näher zu uns kommen, um uns vom Feuer wegzuziehen.

Wenn ich 'jetzt' sage, ziehen wir sie dann vollends zum Feuer und schubsen sie rein. Die komischen Ökoklamotten, die die immer anhat, werden sicher brennen wie Zunder. Sobald der Bann bricht, werden uns dann auch die anderen helfen. Ganz sicher!"

Gretel nickte zum Einverständnis, dann begannen die beiden, ihren Plan umzusetzen.

Kapitel 17

Frau Hag sank in ihren Stuhl zurück. Erschüttert starrte sie auf ihre Kristallkugel. Mit solch einer Wendung hätte sie niemals gerechnet.

Am Ende des Krankenhausaufenthalts hatten die Geschwister einen mental gesunden Eindruck gemacht - aber anscheinend hatte die Engelstrompete doch größere Wahrnehmungsschäden hinterlassen, als gedacht.

Hier spielte sicher auch eine gewisse Vorschädigung durch die Kokserei und die LSD-Trips eine Rolle. Die Frage blieb, was sie jetzt tun konnte.

Sie musste hierbei auch an die anderen Jugendlichen denken, die allesamt auf einem guten Weg waren. Theoretisch könnte sie Judith bitten, am nächsten Abend im Heim vorbeizuschauen, in der Hoffnung, dass die Geschwister dann merkten, dass sie falsch lagen.

Auf der anderen Seite könnte das Experiment auch schiefgehen. Wenn sie Judith für eine Täuschung hielten und diese dann auch verbrennen wollten, würde sie die junge Frau damit nur unnötig gefährden.

Außerdem sollte sie für sich selbst auch einen passenden Schutzzauber vorbereiten, oder sollte sie das Holz einfach verstecken, oder zumindest die Streichhölzer? Aber wäre damit die Gefahr wirklich gebannt? Eher nicht.

Sie seufzte, vielleicht war es an der Zeit, herauszufinden, ob Hansi und Gretel wirklich so weit gehen würden, oder ob nicht doch noch rechtzeitig deren Verstand wieder einsetzen würde.

Sie beschloss, die Feen und Bodo einzuweihen, auch in der vagen Hoffnung, dass einer ihrer Helfer noch eine brauchbare Idee hatte. Vor allem Bodo war weit intelligenter und weiser, als die Meisten vermuteten. Es machte ihm einfach Spaß, das dumme Tier zu spielen. Tatsächlich konnte er sich sogar auf telepathischer Weise verständigen und Frau Hag hatte schon viele Stunden lang sehr lebhaft mit dem Drachen über Gott und die Welt diskutiert.

Sie traf sich mit ihnen hinter dem Gewächshaus, um das weitere Vorgehen zu besprechen.

Zwei Stunden später kam sie mit einem einfachen Plan zurück und machte sich daran, noch ein paar Zauber zu wirken, um auf wirklich alles vorbereitet zu sein. Auch wenn sie noch immer hoffte, dass der Verstand oder doch zumindest das Gewissen der Geschwister einsetzen würde, bevor es zum Äußersten kam.

Am nächsten Tag war die Stimmung im Haus seltsam gedrückt. Die Geschwister und auch Frau Hag versuchten, sich nichts anmerken zu lassen, was der

Heimleiterin deutlich besser gelang als Hansi und Gretel. Den anderen Jugendlichen entging die seltsame Stimmung zwar nicht, sie schoben dies jedoch vor allem auf Hansis Laune, die an diesem Tag fast im Fünfminutentakt zwischen grantig und euphorisch schwankte.

Beim Mittagessen aß Hansi zunächst mit großem Appetit, bevor er gleich darauf wieder über die Speisen meckerte. Paula brachte daraufhin die Meinung der anderen auf den Punkt, als sie ihm schnippisch dringend einen sehr langen Besuch außerhalb der Routine beim Psychodoc empfahl.

„Und das sagst ausgerechnet du zu mir?", entgegnete er pampig. Woraufhin sie jedoch lediglich die Augen verdrehte, resigniert seufzte und sich kopfschüttelnd jeglichen weiteren Kommentars enthielt.

Auch das Abendessen verlief ungewöhnlich schweigsam, weil keiner Lust hatte, Hansi eine Steilvorlage für einen miesepetrigen Kommentar zu liefern. Als alle gegessen hatten und die ersten aufstehen wollten, schnellte Hansi von seinem Stuhl hoch.

„Hört mal alle zu: Gretel und ich haben ja die Abschiedsparty für Judith verpasst. Wir haben gesehen, dass noch Holz übrig ist und würden das gerne im Grill anzünden, um die Party etwas nachzuholen. Es ist zwar nicht das Gleiche, aber es wäre schön, wenn alle kommen würden. Sie auch, Frau Hag."

Gespannt sah er reihum in die Gesichter der anderen und bemerkte dort in erster Linie Erstaunen. Die Heimleiterin zögerte noch kurz, schalt sich dann aber eine Närrin, das Unvermeidliche noch länger hinausziehen zu wollen. Sie setzte daher ein sanftes Lächeln auf und sah freundlich in die Runde, bevor sie sich direkt an Hansi wandte.

„Das ist eine sehr schöne Idee, aber wir wollen ja deswegen unsere Pflichten nicht vernachlässigen. Daher möchte ich vorschlagen, du spülst das Geschirr und wir treffen uns alle in einer halben Stunde draußen am Grill. Keine Sorge, wir warten auf dich, falls du länger brauchen solltest. Da es deine Idee ist, sollst auch du die Ehre haben, das Feuer anzuzünden. Sind alle damit einverstanden? Vielleicht finde ich sogar noch ein paar Marshmallows, die wir dann rösten können."

Nach dem letzten Satz hatten die meisten Jugendlichen ein freudiges Lächeln im Gesicht und das Treffen war schnell beschlossene Sache.

Pünktlich auf die Minute trafen sich alle beim großen Grill. Auch die Feen und Bodo waren da.

Die Jugendlichen wunderten sich über die seltsam nervöse Stimmung, konnten sich dieser aber nicht wirklich entziehen. Als alle vollzählig waren, sahen Hansi und Gretel zufrieden in die Runde. Dass sich der Holzstapel seit dem Morgen verändert hatte, bemerkten sie jedoch nicht.

Da Frau Hag sehen wollte, ob die Geschwister tatsächlich bis zum Äußersten gehen würden, hatte sie am späten Nachmittag das Holz neu gestapelt, damit das Feuer auch richtig brennen würde. So wie es von den beiden aufgeschichtet worden war, hätte das nicht funktioniert.

Hansi nahm eines der Streichhölzer, die er neben dem Grill deponiert hatte, strich es an und hielt es an die Zeitungen im Holzstapel. Kurz sah es danach aus, als wolle die Flamme wieder ersterben, statt auf die schmalen Holzscheite überzugreifen. Dann verhalf jedoch ein plötzlicher Windstoß der Flamme wieder zu neuem Leben, womit die ersten Anzündscheite Feuer fingen.

Fasziniert blieben die Geschwister beim Grill stehen und sahen zu, wie die Flammen langsam auch auf die großen Holzscheite übergriffen. Hansi starrte ins Feuer. Während sich das Flammengezüngel stetig ausdehnte, wurde er merklich ruhiger. Er hatte das Gefühl, trotz des Rauchs vollkommen klar zu sehen.

Jetzt war der Zeitpunkt gekommen, die anderen aus dem Bann zu lösen und die Welt vor der Bedrohung durch die Hexe zu befreien.

Er suchte den Blickkontakt zu seiner Schwester und nickte ihr fast unmerklich zu, als dieser hergestellt war. Beide rückten näher ans Feuer.

Frau Hag versuchte erst gar nicht, ihre Nervosität

zu verbergen. Sollten die Geschwister diese bemerken, würden sie es sicherlich darauf zurückführen, dass sie so nah am Feuer standen. Sie straffte die Schultern, warf Bodo nochmals einen sichernden Blick zu und ging näher zu den beiden.

„Kommt weiter zurück, nicht dass ihr euch noch verletzt."

Die Sorge in ihrer Stimme musste sie dabei gar nicht spielen.

Hansi wartete, bis die Heimleiterin nur noch eine Armlänge von ihm und Gretel weg war.

„Jetzt", brüllte er.

Dann packten er und Gretel die Hexe an den Armen und zogen sie mit einem kräftigen Ruck ins lodernde Feuer. Ein zufriedenes Grinsen stahl sich auf Hansis Gesicht, als er das Kreischen der Hexe hörte.

Es erlosch allerdings genau in dem Moment, als sich ein großer Drachenkopf in sein Gesichtsfeld schob, der einfach die ganzen Flammen einsaugte.

Zurück blieb ein rauchender Haufen Holzscheite und auf diesem eine vollkommen unversehrte Heimleiterin, die die beiden mit einem sehr traurigen Blick ansah. Das Feuer hatte die Kleidungsstücke nicht einmal angesengt! Hansi wollte sich voller Wut auf das Hexenbiest stürzen, wurde aber von einer Drachenhand zurückgehalten.

Die anderen Jugendlichen starrten mit einer

Mischung aus Entsetzen und Ungläubigkeit zu den Geschwistern.

Hansi fand als Erster seine Sprache wieder: „Das ist eine Hexe! Die hat euch alle verzaubert! Vor zwei Tagen habt ihr Judith verspeist - wer weiß, wer von euch der Nächste sein wird? Wollt ihr wirklich alle so enden? Los, helft mit, die Hexe zu vernichten, dann erlischt auch der Bann, den sie um euch gewoben hat!"

Kevin sah ihn abfällig an. „Meine Güte, du hast ja 'ne totale Vollmeise, Alter. Ja, Frau Hag ist eine Hexe, das ist doch nichts Neues. Aber sie ist eine weiße Hexe, falls du den Unterschied überhaupt kennst. Aber scheinbar nicht. Und was Judith angeht: die ist am Tag nach der Party gesund und munter zum Tor rausspaziert, hat eine eigene kleine Wohnung bezogen und arbeitet jetzt bei einem Gärtner. Alles bestens."

„Das will die euch bloß weismachen", ereiferte sich Hansi wutentbrannt.

Bevor sich der Disput weiter entwickeln konnte, war von Bodo ein lautes und deutliches „Hicks" zu vernehmen, worauf aus seinem Maul eine dunkle Rauchschwade quoll. Sofort lief Paula zu dem Drachen, legte ihre Arme um seinen Hals und schmiegte sich an die Riesenechse. Gut, aufgrund des Größenunterschieds hing sie dann eher an Bodos Hals. Mitfühlend blickte sie zu ihm auf.

„Armer Bodo." Dann wandte sie den Kopf zu den

Geschwistern und fauchte diese an: „Seht nur, was ihr Deppen angerichtet habt. Jetzt hat der arme Drache einen fürchterlichen Schluckauf. Was habt ihr euch bloß dabei gedacht? Wahrscheinlich gar nichts, ihr bescheuerten Hohlrüben."

Sie wollte mit ihren Fäusten auf Hansi losgehen, wurde aber von Tinky daran gehindert, die nervös vor Paulas Brust flatterte.

Frau Hag holte tief Luft. „Hört alle zu. Bitte!", fügte sie hinzu, als Paula und Serena gleichzeitig zu einer Antwort ansetzten.

„Ich wusste, was die beiden vorhatten, deshalb ist auch niemandem etwas passiert. Bis zum letzten Moment hatte ich gehofft, dass der Verstand der beiden wieder rechtzeitig einsetzen würde. Doch anscheinend war das Halluzinogen der Engelstrompete die eine Substanz zu viel, die einen offenbar bleibenden Schaden bei den beiden verursacht hat. Bitte nehmt es als Warnung, was Drogen bei einem gesunden Menschen anrichten können und denkt daran, wenn es euch das nächste Mal nach einer Droge gelüstet.

Und nun geht bitte alle ins Haus. Alle, außer Hansjörg und Margarete. Ihr bleibt noch hier."

Bei den Jugendlichen setzte lautes Gemurmel ein, die meisten drehten sich jedoch nach einem kurzen Moment um und gingen Richtung Hauseingang.

Lediglich Kevin und Paula blickten nochmals von

Frau Hag zu den Geschwistern, bevor Kevin leise fragte: „Und was passiert jetzt mit den beiden?"

Resigniert zuckte die Heimleiterin mit den Schultern. „Ich werde jetzt die Polizei rufen, während Bodo auf die zwei aufpasst. Was dann weiter geschieht, ist Sache des Jugendgerichts. Darauf kann und will ich jetzt keinen Einfluss mehr nehmen."

Bereits eine Viertelstunde später packten die Geschwister unter der strengen Aufsicht von jeweils einem Polizisten ihre Koffer, bevor sie von diesen in die Stadt gefahren wurden.

Epilog

Ein halbes Jahr später saß Frau Hag in Bodos Höhle auf einem Kissen und bewunderte einmal mehr die Krallenfertigkeit des Drachen. Er hielt die Spielkarten fest in seiner rechten Kralle, ohne diese zu beschädigen.

„Du bist dran", hörte sie in ihren Gedanken Bodos Stimme. Sie lächelte ihm zu, warf einen kurzen Blick in ihre Kristallkugel, um sicher sein zu können, dass im Haus alles ruhig war, bevor sie ihren Spielzug machte.

„Du warst heute Mittag wieder in der geschlossenen Anstalt, bei Hansi und Gretel, wie geht es den beiden jetzt?", fragte der Drache neugierig, bevor er seine Karten auslegte.

Frau Hag brummte zur Antwort nur undeutlich vor sich hin.

„Warum besuchst du die zwei einmal die Woche, wenn es Dich jedes Mal so sehr mitnimmt? Niemand verlangt das von dir. Die zwei wurden per Gerichtsbeschluss in der geschlossenen Anstalt untergebracht. Weil sie dich töten wollten. Sie werden nicht in deine Obhut zurück kommen. Davon abgesehen würde ich da auch mein Veto einlegen. Noch so eine Aktion brauch ich echt nicht."

Frau Hag lächelte. „Ich glaube, die Sprache der

Jugendlichen färbt auf dich ab, mein lieber Bodo. Früher hättest du das deutlich ... verschwurbelter ausgedrückt. Aber die klare Ansage gefällt mir."

Sie verfiel wieder in Schweigen. Der Drache wartete noch einen Moment, dann legte er die Karten mit der Rückseite nach oben auf den Boden und sah seiner Freundin in die Augen. „Ich nehme das als Kompliment, aber das beantwortet nicht meine Frage. Ich spiele erst weiter, wenn du mir eine zufriedenstellende Antwort gegeben hast. Selbst, wenn wir dann morgen früh noch hier sitzen."

Frau Hag seufzte. So wie Bodo das sagte, würde er standhaft bleiben. Da blieb ihr nichts anderes als von ihrem Besuch zu berichten, wollte sie ihn nicht verärgern.

„Also gut. Das Positive zuerst. Gretel spricht gut auf die dortigen Therapien an. Sie scheint definitiv clean zu sein. Sie darf seit neuestem stundenweise draußen spazieren gehen. Mit Aufsicht, aber immerhin. Sie besucht die dortige Schule, schreibt gute Noten. Wenn sie so weitermacht, darf sie bis in ein paar Monaten in eine betreute Wohnanlage. Bei ihr bin ich zuversichtlich, dass sie das schafft."

Sie machte eine Pause. Der Drache verhielt sich ruhig. Er verstand, dass sich Frau Hag erst sammeln musste und ließ ihr die Zeit, die sie dafür benötigte.

„Bei Hansjörg sieht die Sache leider ganz anders aus. Immer wieder fügt er sich selbst schaden zu, um an Schmerzmittel zu gelangen. Dann tobt er wieder, bis den Ärzten nichts anderes übrig bleibt, ihn zu sedieren. Vor zwei Tagen hat die Putzfrau kurz den Toilettenreiniger abgestellt, um während der Einwirkzeit das Waschbecken zu säubern. Als sie sich herumdrehte, setzte Hansi gerade die Flasche mit dem Reiniger an die Lippen. Sie konnte ihm das Mittel gerade noch aus den Händen reißen. Er hat dann noch ewig rumgeheult, dass er einen Kick braucht, von irgendwas, egal was."

Frau Hag knetete ihre Hände und versank wieder in Schweigen. Schließlich fragte Bodo nach: „Glaubst du, das wird irgendwann wieder?"

Niedergeschlagen schüttelte Frau Hag den Kopf. „Nein. Sieht nicht danach aus. Ich habe auch schon bei meinen Hexenschwestern nachgefragt, aber keine weiß ein Rezept gegen ... sowas."

Tröstend legte der Drache seine Pfote auf Frau Hags Schulter. „Mach dir keine Vorwürfe, du kannst nicht alle retten. Apropos retten. Welche Vorbereitungen sind eigentlich noch für Kevins Abschiedsfeier zu treffen? Du weißt ja, Fleisch auf den Grill ist da das mindeste."

Ein Lächeln huschte über ihr Gesicht: „Das ist alles gut vorbereitet! Lass uns weiterspielen."

Alle bisherigen Titel der Märchenspinnerei:

Der Axolotlkönig
Autor: Sylvia Rieß
Märchenspinnerei, Book 1
Genres: Coming of Age, Märchenadaption, Young Adult
ISBN: 9783961114962

Froschkönig trifft Schneekönigin. Im Axolotlkönig spinnt die Autorin Sylvia Rieß die Elemente zweier weltbekannter Märchen in einer witzig-modernen und zugleich düsteren Romanze zusammen, die uns zeigt, wie wichtig es ist, die Welt manchmal mit anderen Augen zu sehen.

Ein Mantel so rot
Autor: Barbara Schinko
Märchenspinnerei, Book 2
Genres: Fantasy, Märchenadaption
ISBN: 9781542356527

Rotkäppchen mal anders: In „Ein Mantel so rot" verwebt die Autorin Barbara Schinko Elemente des bekannten Märchens der Brüder Grimm zu einer ebenso bittersüßen wie düsteren Geschichte über die Liebe zwischen einer jungen Frau ... und ihrem Wolf.

Hollerbrunn
Autor: Tina Skupin
Märchenspinnerei, Book 3
Genres: Coming of Age, Märchenadaption, Young
Adult
SBN: 9783961112968

Der dritte Band der Märchenspinner entführt den
Leser in die eisig-schöne Welt der Alpen. Tina Skupin
kombiniert das Frau Holle-Märchen der Gebrüder
Grimm mit traditionellen Alpensagen sowie einem
Schuss „Eiskönigin" zu einer Geschichte um Familie,
Abschied und Neubeginn.

Kein Schnee im Hexenhaus
Autor: Susanne Eisele
Märchenspinnerei, Book 4
Genres: Märchenadaption, Urban Fantasy
ISBN: 9781541388475

In "Kein Schnee im Hexenhaus" spinnt die Autorin
Susanne Eisele das bekannte Märchen der Brüder
Grimm ganz neu und setzt sich dabei mit Sucht und
Realitätsverlust auseinander.

Im Bann der zertanzten Schuhe
Autor: Janna Ruth
Märchenspinnerei, Book 5
Genres: Märchenadaption, Urban Fantasy
ISBN: 9783961114672

Die zertanzten Schuhe mal anders. Im Bann eines verzauberten Tanzes spinnt die Autorin Janna Ruth märchenhafte Elemente der Brüder Grimm zu einer modernen Fabel über das glitzernde Nachtleben, zerbrochene Träume und verlorene Seelen.

Leuchtendschwarzer Rabenmond
Autor: Valentina Kramer
Märchenspinnerei, Book 6
Genres: Märchenadaption, Urban Fantasy
ASIN: B073DFJMK8

In „Leuchtendschwarzer Rabenmond" spinnt die Autorin Valentina Kramer eine moderne Version der „Sieben Raben" der Brüder Grimm. Das Ergebnis ist eine humorvoll-düstere Geschichte über die verheerende Wirkung von Vorurteilen, Hass, Angst und mangelnder Toleranz aber auch über die Wichtigkeit von Freundschaft, Liebe und Vertrauen.

Meerschaum
Autor: Anna Holub
Märchenspinnerei, Book 7
Genres: Märchenadaption, Skandinavienkrimi
ISBN: 9781548925000

Hans Christian Andersens traurige Meerjungfrau
trifft Skandinavien-Thriller.

Zarin Saltan
Autor: Katherina Ushachov
Märchenspinnerei, Book 8
Genres: Fantasy, Märchenadaption, Urban Fantasy
ISBN: 9781975775254

Im 8. Band der Märchenspinnerei erzählt Katherina
Ushachov die altbekannte Geschichte von Feind-
schaft, Eifersucht und Oberflächlichkeiten in einem
modernen Setting neu und lässt dabei jene Figur zu
Wort kommen, die im Original untergeht: die Zarin.

Der siebte Sohn
Autor: Julia Maar
Märchenspinnerei, Book 9
Genres: Coming of Age, Fantasy, Märchenadaption,
Young Adult
ISBN-13: 978-3961114733

In „Der siebte Sohn" von Julia Maar ist es ein königlicher Bastard von niederer Stellung, der mehr Ehre und Anstand beweist als so mancher Prinz. Dabei zeigt sie, dass man trotz aller Widrigkeiten an seinen Idealen festhalten kann.

Es war einmal ... ganz anders
Autorinnen: Anna Holub, Barbara Schinko, Christina Löw, Janna Ruth, Julia Maar, Katherina Ushachov, Laura Kier, Mira Lindorm, Sabrina Schuh, Susanne Eisele, Sylvia Rieß, Tina Skupin, Valentina Kramer
Märchenspinnerei, Anthologie
Genres: Anthologie, Märchenadaption
ISBN: 9783959590754

In dreizehn Kurzgeschichten verweben die Märchenspinnerinnen altbekannte Märchen mit zeitgenössischen Problemen und füllen fantasievolle Welten mit neuem Leben. Die Märchenspinnerei-Anthologie 2017.

Herzenswünsche kommen teuer
Autor: Mira Lindorm
Märchenspinnerei, Book 10
Genres: Coming of Age, Fantasy, Märchenadaption
ISBN: 9783959590778

1001 Nacht lang erzählte die todgeweihte Sheherezade ihre Geschichten, bis der Sultan sie verschonte. Mira Lindorm spinnt das Garn im 10. Band aus den Reihen der Märchenspinnerei weiter und beschreibt in "Herzenswünsche kommen teuer" die möglichen Folgen der 1002 Nacht.

Unter schwarzen Federn
Autor: Sabrina Schuh
Märchenspinnerei, Book 11
Genres: Coming of Age, Märchenadaption
ISBN: 9783961117017

In „Unter schwarzen Federn" - dem 11. Buch aus den Reihen der Märchenspinnerei - spinnt Autorin Sabrina Schuh mit den Elementen von Andersens hässlichem Entlein eine düster-romantische Geschichte über Ausgrenzung, Todeswünsche und den schweren Weg eines jungen Mädchens auf der Suche nach ihrem wahren Selbst.

Träume voller Schatten
Autor: Christina Löw
Märchenspinnerei, Book 12
Genres: Coming of Age, fantastische Realität, Märchenadaption
ISBN: 9783961114429

In »Träume voller Schatten« - dem 12. Band der Märchenspinnerei - spinnt Christina Löw märchenhafte Elemente von Wilhelm Hauff zu einer modernen Fabel über die Abgründe von sexuellem Missbrauch, die Kraft der Freundschaft und den Mut zur Selbstbestimmtheit.

Tropfen der Ewigkeit
Autor: Eva-Maria Obermann
Märchenspinnerei, Book 13
Genres: Märchenadaption, Steampunk, Young Adult
ISBN: 9783961116423

Rapunzel mal anders: In "Tropfen der Ewigkeit" - dem 13. Band der Märchenspinnerei - lässt Eva-Maria Obermann Rapunzel im Steampunk-Milieu auferstehen. Der Klassiker aus der grimmschen Märchensammlung wird zum spannenden Kampf um Wahrheit und Selbstbestimmung.

Das erste Lied
Autor: Susanne Eisele
Märchenspinnerei, Book 14
Genres: Märchenadaption, Young Adult
ISBN: 9783752848250

Ein Müllersohn.
Der Traum vom Ruhm.
Der erste Vertrag.
Schon seit frühester Jugend will Sänger und Gitarrist
Florian Müller ein erfolgreicher Musiker werden. Als
ihm der berühmte Produzent Dietmar Weiss einen
Plattendeal anbietet, sieht er seinen Traum zum
Greifen nahe. Ohne lange zu überlegen, unter-
schreibt er den Vertrag.
Doch dann kommen ihm Zweifel. War es wirklich
klug, die Rechte an seinem Song so leichtfertig abzu-
treten? Was, wenn der Schlager-Produzent seine
Metal-Ballade vollkommen verhunzt? Fieberhaft
sucht Flo nach einem Ausweg – und dann tritt noch
Sängerin Mia in sein Leben ...

Rumpelstilzchen einmal anders: In „Das erste Lied"
erzählt Autorin Susanne Eisele das bekannte Märchen der Brüder Grimm neu und setzt sich dabei mit
der Verlockung von schnellem Ruhm, den Fallstri-
cken der Musikindustrie und dem Zusammenhalt
unter Freunden auseinander.

Band 14 aus den Reihen der Märchenspinnerei.

Unter pinken Sternen
Autor: Sabrina Schuh
Märchenspinnerei, Book 15
Genres: Märchenadaption, Young Adult
ISBN: 9783964436535

In Unter pinken Sternen spinnt Autorin Sabrina
Schuh aus den Elementen der Grimmschen Stern-
taler eine in sich geschlossene, düstere Gesellschafts-
kritik über Schuldgefühle, Verzweiflung und das
schwere Leben einer jungen Obdachlosen.

Der tote Prinz
Autor: Katherina Ushachov
Märchenspinnerei, Book 16
Genres: Dystopie, Märchenadaption, Steampunk
ISBN: 9783959591461

In „Der tote Prinz" versetzt Katherina Ushachov
Puschkins Märchen „Die tote Prinzessin und die
sieben Recken" in eine düstere Zukunft und erzählt
die Geschichte eines mutigen Mädchens – in den
Überresten einer Gesellschaft, erbaut aus unserem
Müll.

Weitere Bücher der Autorin Susanne Eisele

Nachbarschaftshilfe: Ein Vampir- und Werwolf-krimi
ISBN-13: 978-1495493584

Seit langem ist der Graben zwischen der Vampir-und der Werwolfstadt tiefer als der Fluss, der die beiden Städte trennt. Kein Vampir betritt das Gebiet der Werwölfe und ebenso anders herum. Ein Vampir jedoch geht in das andere Gebiet und ermordet Werwölfe. So wie ein Werwolf Vampire auf deren Gebiet ermordet. Jetzt heißt es für die Sheriffs der beiden Clans zusammenzuarbeiten und den jeweiligen Nachbarn zu unterstützen, um den Mördern auf die blutige Spur zu kommen und weiteres Unheil zu verhindern.

Kinderspiel: Ein Vampir- und Werwolfkrimi Band 2
ISBN-13: 978-1508676676

Seit eine mehrere Monate zurückliegende Mordserie aufgeklärt wurde, ist es ruhig geworden in den benachbarten Kleinstädten Whitehall und Whitewell. Eine guter Zeitpunkt für die Sheriffs dieser beiden Städte, gemeinsam in Urlaub zu fahren. Doch kaum sind sie abgereist, ereignen sich mysteriöse Diebstähle. Während die ohnehin schon komplizierten Suche nach den Tätern läuft, kommt auch noch eine Kindesentführung hinzu. Jetzt ist das ganze Geschick und die Zusammenarbeit der Deputies beider Städte gefragt. Wird es ihnen gelingen, das Kind aus den Händen der Entführer zu befreien? Band 2 zu dem Vampir- und Werwolfkrimi: Nachbarschaftshilfe

Anthologien mit Beiträgen der Autorin
Susanne Eisele

Die Würfel der vergessenen Magie: Eine Anthologie
(Alea Libris)
ASIN: B01MDRI27Z

9 Würfel, 5 Geschichten - lesen Sie hier, was unsere 5 Autoren aus der Herausforderung gemacht haben, aus 9 Motiven eine Geschichte zu formen.

Erzählungen von der einsamen Burg:
Eine Anthologie
(Alea Libris)
ASIN: B0722YC78W

Zu seiner Erleichterung erblickt der Wanderer eine Burg. Die letzten Tage war er durch die entlegene Gegend geirrt, ohne einer Menschenseele zu begegnen. Diese Burg erscheint ihm daher wie ein Geschenk und er beschließt, dort für einen Tag zu rasten. Doch was ihn hinter den Mauern erwartet, wird ihm für den Rest seines Lebens in Erinnerung bleiben ... vorausgesetzt natürlich, er überlebt den Tag in der Burg.

Eine Kurzgeschichtensammlung von Susanne Eisele wird beim Verlag Alea Libris voraussichtlich im Sommer 2019 erscheinen.
Bitte wegen dem Namen und dem genauen Erscheinungsdatum der Anthologie unter www.alea-libris.de nachschauen.
Danke.

Märchen aus 1001 Nacht Update 1.1:
Wer braucht schon einen Dschinn?
(Moderne Märchen)
(Machandel-Verlag)
ISBN-13: 978-3959591041

Die schöne Scheherezade hat nicht nur dem Sultan
den Kopf verdreht. Ihre Geschichten haben auch
einen bleibenden Platz in der europäischen
Märchenwelt gefunden.
Unsere Autoren haben natürlich eine eigene
Meinung dazu. Was, wenn der Dschinn ein Alien ist?
Oder Ali Baba als Tellerwäscher sein Glück finden
muss? Kann Scheherezade nach Europa geflüchtet
sein und der Sultan mit Anzug und Aktentasche
spazierengehen?
Bekommt Sindbad ein Interview mit der "Times of
India", und landet die Wunderlampe mangels
Verwertbarkeit am Ende sogar noch auf dem
Schrott?
Lassen Sie sich überraschen! So viel kann ich Ihnen
verraten – nicht alle modernen Märchen enden
glücklich, aber in einigen bekommt die Prinzessin
am Ende doch ihren Prinzen.

The P-Files: Die Phönix Akten
(Talawah-Verlag)
ISBN-13: 978-3947550081

Warum nur ein Leben leben, wenn es auch tausend
sein können? Das ist der Leitsatz des Phönix, der aus
der Asche wiedergeboren wird und unsterblich ist. In
31 Kurzgeschichten rund um den brennendsten
Vogel der Welt werdet ihr alles finden: Wahrheit und
Wahnsinn, Evolution und Revolution, Abenteuer und
Ungeheuer, Zauber und Zorn, Hoffnung und
Verzweiflung, Magie und Märchen.
Die Phönix-Akten offenbaren wie Phönixe sterben
und wiedergeboren werden, wie Menschen und
Vögel leben, wie sie lustiges und grauenvolles
erleben.

Danksagung

Zum Abschluss möchte ich es nicht versäumen, all jenen zu danken, ohne die dieses Buch nicht entstanden wäre.

Meinen Eltern dafür, dass sie meine Leidenschaft für Bücher von Kindesbeinen an gefördert haben.

Meinem Ehemann Manfred Polz für seine großartige Unterstützung, insbesondere bei der Umsetzung der Anfangsidee.

Meinen Betalesern (in alphabetischer Reihenfolge) Ansgar Back, Sabine Dau, Valentina Kramer und Sylvia Rieß und ihre hilfreichen Kommentare und konstruktive Kritik.

Meinem Coverdesigner Renee Rott von Dream-Cover für das neue Cover.

Allen Märchenspinnerinnen und den Feen der Märchenspinnerei für ihren unermüdlichen Einsatz für das Projekt Märchenspinnerei.

Last but not least geht mein Dank an alle Leser. Ohne euch würde es keine weiteren Bücher geben.